SWORD ART ONLINE
007
川原 礫
イラスト／abec
デザイン／ビィピィ

「なんだキー坊、オネーサンの脚線美に見とれちゃったカ？」
アスナ
《SAO》に閉じ込められた女性プレイヤーの一人。自棄になっていた自身の考えを改め、ゲームクリアを目指す
アルゴ
神出鬼没なアインクラッドの《情報屋》。《鼠のアルゴ》の異名で知られている

「み、見とれてねーし！」
キリト
アインクラッド最上層到達を目指す剣士。《ソロ》プレイヤーだが、一時的にアスナとコンビに

「くれぐれも、ニルーニル様に失礼のないように」
キオ
ニルーニルに仕えるNPC。
エストックとブレストアーマーで身を固めた戦闘メイド

「アルゴ、おかえりなさい。
助手を見つけたの?」
ニルーニル
ウォルプータ・グランドカジノ内の
高級ホテルに住まう、NPC の少女

「アスナ、もう少し頑張れ！」

「むりむり！　無理いいいい！」
「みにゃあああああ!!」

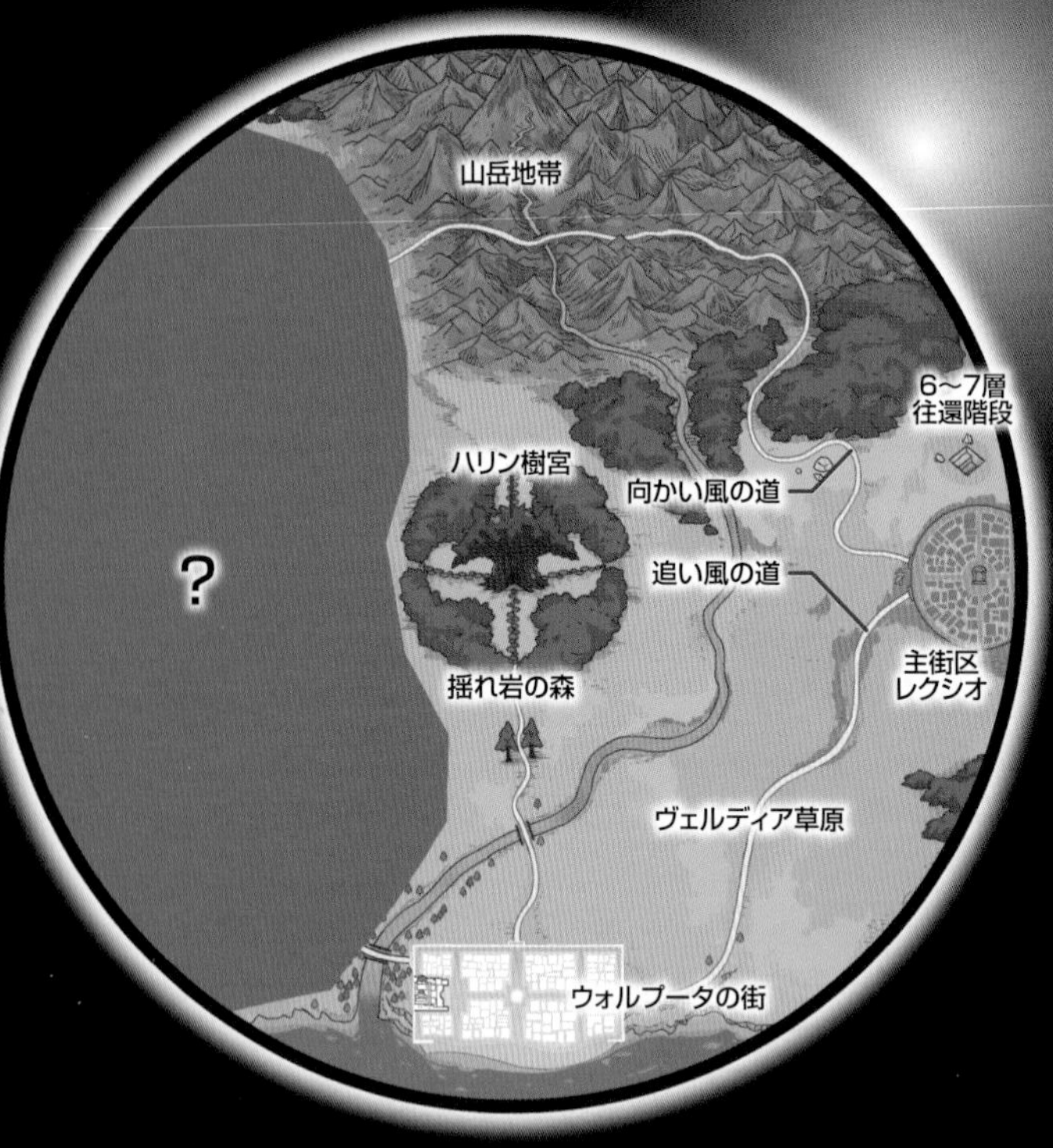

AINCRAD

浮遊城アインクラッド　各階層データ

■第七層

第七層の特徴は二つある。ひとつ目は《常夏》だ。

キリトたちが第七層を訪れたのは、現実世界では真冬の一月。だがそれにもかかわらず、真夏の日差しと蒸し暑さが、フロア全体を支配している。

もうひとつの特徴は、《カジノ》だ。

第七層のスタート地点・主街区レクシオは東の端に、ゴール地点・迷宮区タワーは西の端にある。迷宮区タワーに向かう道は二つあるが、片方は険しい地形と多数のモンスターが待ち受ける《向かい風の道》。もう片方は、地形は平坦、モンスターの湧きも少ない《追い風の道》。追い風の道を行った先に、巨大なカジノが特徴の街、《ウォルプータ》がある。

ウォルプータのカジノでは、カードゲームやダイス、ルーレットなどさまざまなギャンブルが楽しめるが、中でも一番の目玉は《バトルアリーナ》、すなわちモンスター闘技場だ。

出場モンスターは、すべて第七層に棲息するもので、バトルは一対一で行われる。試合数は昼の部と夜の部で各五試合、一日十試合が行われる。ベータテスト時代、多数のプレイヤーがここで財産を失ったという。

イラスト／来栖達也

SWORD ART ONLINE

SWORD ART ONLINE PROGRESSIVE
ソードアート・オンライン プログレッシブ

007

川原 礫

イラスト／abec

「これは、ゲームであっても遊びではない」

『ソードアート・オンライン』プログラマー
茅場晶彦

デザイン／ビィピィ

SWORD ART ONLINE
PROGRESSIVE

赤き焦熱のラプソディ(上)

アインクラッド第七層　2023年1月

1

「あっつ！」

　というのが、浮遊城アインクラッド第七層に改めてテレポートした我が暫定パートナーの、最初の感想だった。

「あっっっつ‼」

　語気を強めつつ繰り返してから、しかめっ面を上向ける。浮遊城の構造的理由により青空も太陽も見えないが、上層の底を面光源として降り注ぐ光は六層より明らかに強い。

「……真冬なのに、なんでこんなに暑いの？　ていうか、ゆうべちょっとだけ来た時はもっと涼しくなかった？」

　視線を戻したパートナーに真顔で問われ、俺は軽く肩をすくめた。

「前にどっかで言ったと思うけど、現実の季節を再現してるかどうかはフロアによって違うんだよ……。ここは季節感無視のフロアってことなんだろうな。ゆうべ来た時も、涼しかったけど寒くはなかっただろ？」

「そうは言っても一月五日よ。気温、二十七度くらいありそうなんだけど」

　やたらと細かい数値を口にしながら周囲を見回す。転移門広場に俺たち以外のプレイヤーは数えるほどしかいないが、隅に生えている広葉樹の陰まで足早に移動すると、メニューウインドウを開く。

装備フィギュアを手早く操作し、赤いフーデッドケープを脱ぐ。その下は、薄手のブレストプレートと膝上丈のレザースカート。

艶やかな栗色の髪を一振りし、ふうっと息をついた暫定パートナー——レベル21細剣使いアスナは、こちらに向き直るや顔をしかめた。

「キリト君もそのコート脱いだら？　見てるだけで暑くなるんだけど」

「えー、でもなあ……」

自分のアバターを見下ろしながら答える。

「アスナの赤ずきんはほぼオシャレアイテムだけど、俺のコートはメイン防具なんだよ……。これ脱いだら防御力下がりまくるよ」

「主街区の圏内にいるあいだは問題ないでしょ」

「そりゃ、まあ……」

理屈ではそのとおりだが、六層主街区の真ん中でNPC暗殺者に襲われた記憶もまだ新しいところだ。せめて屋外ではフル装備状態を維持したいが、黒革のコート内部の不快指数は着実に上昇しつつある。

あの襲撃はクエストの強制イベントであって、もうあんなことは起きないはずだ……と自分に言い聞かせ、俺もメニューを開くと愛用の《コート・オブ・ミッドナイト》をストレージに戻した。下はアスナのものとよく似たブレストプレートと薄手のシャツにロングパンツという格好なので、体感温度はかなり低下した——のだが。

「……あんまり変わらないわね……」

そう呟いた細剣使いは、しばし俺の全身をじろじろ眺め回してから続けた。

「そもそもその真っ黒くろすけなコーディネートが暑っ苦しいのよね。たまには他の色の服を着たくならないの、ブラッキーさん？」

「そ……そういうアスナだって、初めて会った頃から赤系ばっかじゃないか」

どうにかそう反論すると、アスナは自分が着ている赤いチュニックを見下ろしてから澄まし顔で答えた。

「わたしは時々他の色も着てるもん」

「そ、そうだっけ……？」

「宿屋の個室でリラックスしてる時はね。でも外じゃいちばん防御力が高い服を着るしかないんだから仕方ないでしょ」

「そ、そんなこと言ったら俺の服だってそうだし！」

と返したものの、実際は数値的なスペックだけが全身黒ずくめの理由というわけではない。

メイン防具のコートは一層フロアボスのラストアタック・ボーナスなのだから俺が色を選んだ

わけではないが、いま着ているシャツとパンツは店売り防具なので、その気になれば他の色にすることもできた。

いちおう、暗い色の装備は隠蔽状態にプラス補正があるという実際的な理由もあると言えばあるが、地形や明るさによっては逆効果になったりもする。ゲームスタート時点の初期装備はダークブルーを選んだわけだし、昔からことさら黒が好きだったという自覚もないが――いや、もしかしたら、通っていた中学校の制服がいわゆる学ランだったので黒だと安心できるとか、そんな心理的要因があったりするのだろうか……。

いまさらのように考え込む俺の背中を、いつの間にか隣に移動していたアスナがぽんと叩いた。

「まあ、いきなり白とかオレンジとか着られても落ち着かないから暑苦しさは我慢するわ。さ、そろそろ移動しましょ」

「移動って……どこに？」

「初めて来た街なのよ？　正確には二回目だけど……ともかく、お昼ご飯に決まってるでしょ。おすすめのお店、どこ？」

「あー……えっと……」

瞬きしてから、ぐるりと広場を見渡す。

七層主街区《レクシオ》は、アインクラッドの街としてはごくオーソドックスなデザインで、転移門広場の周りには石と木、漆喰で建てたいわゆるハーフティンバー様式の家や商店が軒を連ねている。

碁盤のような造りだった六層主街区《スタキオン》と違って、円形の広場から何本もの道が放射状に延びた構造は覚えづらいが、とは言え俺はベータテスト時代の数日間、この街を拠点にしていた。当然いろいろなレストランを試したはずなのに、妙に記憶が薄い。

「レクシオ……レクシオ名物は、確か……」

そもそも七層ってどんなとこだっけ、とベータ当時の記憶を呼び覚まそうとするが、なぜかスムーズに思い出せない。まるで誰かが頭の中に蓋をしてしまったかのような……。

「あ……」

ようやく記憶が曖昧な理由に思い至り、小さく呟く。

蓋をしたのは俺自身だ。なぜならこのフロアで、とてもつらく悲しい出来事があったからだ。悲劇の記憶が呼び水になったかの如く、七層の思い出が滔々と脳裏に甦る。それらをひとまず迂回路に流しておいて、俺はアスナの質問に答えた。

「残念ながら、ベータ時代のこの街には名物っていうほどの名物はなかったよ。そもそもこのレクシオは、七層のメインの街じゃないんだ」

「えっ、でも、主街区でしょ？」

「名目上はね。まあ、そのへんのことはおいおい説明するとして、まずはメシ屋に行こうぜ。

えーと……確かあっちにピタサンドっぽい食い物の店があって、あっちにチキンライスっぽい食い物の店があって、あっちには辛口シチューっぽい食い物の店があったはずだ」

「……全部《っぽい食べ物》なのね」

胡散臭そうな顔で呟いてから、アスナは思わぬ問いを投げかけてきた。

「チキンライスって、日本風？　シンガポール風？」

「へ……？　それ、どっちがどんなやつ……？」

「日本風のチキンライスは、簡単に言えばオムライスの中身よ。ケチャップで味付けした鶏肉入りチャーハンみたいな料理。シンガポール風チキンライスは、生姜風味のご飯に茹でた鶏肉の細切りを載せた料理ね。海南鶏飯とかカオマンガイとも言うけど」

滑らかに説明するアスナの顔を、思わずまじまじと眺めてしまう。

一層で出逢った頃は、『美味しいものを食べるためにこの町まで来たわけじゃない』などと言っていたが、この七層まで行動を共にした者として、アスナの料理に関する知識はたいていのSAOプレイヤーでは太刀打ちできないと断言できる。となれば食べるだけでなく作るのも好きなのではないかと思えるが、現在アスナが取得しているスキルは《細剣》、《軽金属装備》、《裁縫》、《疾走》、そして恐らく《両手用突撃槍》の五つ。生産系スキルを二つも取る余裕はないにしても、なぜ《料理》ではなく《裁縫》だったのか。そして、ほとんど使いどころのない両手用突撃槍スキルをなぜ上げているのか……。

アスナとコンビを組んでもう一ヶ月以上になるが、まだまだ知らないことは山ほどあるよな、と改めて考えながら俺は答えた。

「たぶん、シンガポール風のほうだったと思うよ。ご飯が生姜味だったかどうかまでは覚えてないけど」

「なんでそんなにうろ覚えなのよ……。まあいいわ、そこにしましょ」

「ハイナンガイ、好物なの？」

「混ざってるわよ。ハイナンジーファンもしくはカオマンガイ！」

呆れ顔で答えてから、アスナは呟くように付け加えた。

「わたしじゃなくて、おに……家族が好きだったの。だから、久しぶりに食べてみたいなって」

「……そっか」

内心の驚きを、小さな笑みで隠す。アスナが現実世界の家族について話すのは非常に珍しい。記憶にある限りでは、四層のヨフェル城で、「向こうのクリスマスは、父親も母親も遅くまで帰ってこないからひとりでケーキ食べて終わりだった」という話をしてくれたとき以来ではないだろうか。

ともあれそういうことなら、俺も七層最初の食事をチキンライスにすることに異存はない。

「じゃあ、行こうか。店はこちらです」

うやうやしく腰を曲げ、左手で進むべき方向を指し示すと、アスナは澄まし顔で歩き始めた。

転移門広場から南西に延びる小道に入り、おぼろげな記憶に従って右と左に一回ずつ曲がると、何やら旨そうな匂いが漂ってきた。鼻をひくひくさせたアスナが、笑顔で囁く。

「確かにこれは本場のチキンライス屋さんっぽい匂いね」

「百パーセント同じものは期待するなよ」

そう答えたものの、俺の空腹ゲージもそろそろ最大値に近づきつつある。

六層のフロアボス、《ジ・イレーショナル・キューブ》を撃破したのが昨日の二十三時ごろ。俺とアスナはボス部屋に出現した往還階段でいったん七層に上り、主街区の転移門をアクティベートしてから、ボス戦に協力してくれたＮＰＣのセアーノとミィアを送るために六層主街区スタキオンに戻った。二人と別れた直後、俺もアスナも体力的限界に達したのでスタキオンの宿屋に泊まり、夢も見ずに爆睡してようやく起きたのが今朝の九時。

攻略集団の主力プレイヤーたちはとっくに七層の攻略を開始しているはずなので、いまさら焦っても仕方ないと一時間ほど部屋でだらだらしてからようやくチェックアウトし、転移門で改めてレクシオにテレポートしたのだが、思い返してみれば前に何か食べたのは六層迷宮区に入る前だ。しかも砂漠の村の屋台で買ったドネルサンドっぽいものを立ち食いしただけで、最後に落ち着いて食事をしたのが何時間前なのかはもう見当もつかない。

同じようなことを考えたのか、だんだん早足になるアスナを追いかけて最後の角を曲がると、前方右側に目指すメシ屋が出現した。

店構えは至ってシンプルで、開け放たれた扉の上には円形の木製看板がぶら下がっている。浮き彫りの文字は【Ｍｉｎ’ｓ　Ｅａｔｅｒｙ】と読める。

「ミンズ・イータリー……かな？　イータリーってなんだ？」

呟いた俺に、アスナが早口で解説してくれた。

「簡易食堂とか、軽食堂とか。狭そうね……席が空いてるといいけど」

という我がパートナーの祈りが天に通じたのか、店内に先客はいなかった。昼飯時には少し早いのと、細い路地を分け入った先にあるのでまだほとんどのプレイヤーは存在を知らないのだろう。

軽食堂を名乗るだけあって、細長い店内にはカウンター席が六つに二人掛けテーブルが二つしかなかったが、遠慮なくテーブルに腰掛ける。すると、メニューを見る暇もなく、カウンターの奥から威勢のいい声が飛んでくる。

「いらっしゃい！　何にするんだい？」

「ちょ、ちょっと待って！」

恐らく店名のミンさん当人であろう、ふくよかな体形の女主人にそう叫び返し、俺は卓上にあった木製メニューを開いてアスナと一緒に覗き込んだ。アインクラッドのＮＰＣショップは基本的に売り物がアルファベット表記で、最初の頃は注文を決めるのに苦労したが、習うより慣れろとはよく言ったもので、最近は字面（じづら）だけでなんとなく理解できるようになってきた……気がする。

幸（さいわ）い、二つ折りのメニューには前菜が二種類、主菜が二種類、飲み物が四種類しか書かれていなかった。ぱっと見では前菜がサラダとスープ、主菜はどちらも米料理。その片方は記憶（きおく）どおりチキンライスだったが、もう一方はバジルライスと書いてあるようだ。値段はどちらも、ラージが四十コル、レギュラーが三十コル。軽食堂というだけあって七層にしてはリーズナブルだが、しかし——。

「……バジルライス？　バジルってあの、ピザとかに載（の）ってるバジル？」

「……でしょうね。綴（つづ）りが一緒（いっしょ）だし」

頷（うなず）くアスナに、小声で抗弁（こうべん）してしまう。

「でも……バジルって葉っぱじゃん！　葉っぱライスがチキンライスと同じ値段って、どう考えてもおかしいだろ！」

「わたしに言わないでよ……あ」

ふと何かに気付いたように瞬（まばた）きすると、アスナは何やら嬉（うれ）しそうに微笑（ほほえ）んだ。

「そっか、これたぶん、ただの葉っぱライスじゃないよ。きっとガパオのことだわ」

「が……ガパオ？　聞いたことがあるようなないような……」

首を捻（ひね）る俺に、アスナは辛抱強（しんぼうづよ）く説明してくれた。

「さっき、シンガポール風チキンライスの別名がカオマンガイだって言ったでしょ。あれはタイでの呼び方なの。で、タイの二大米料理は、カオマンガイとガパオなのよ」

「へぇぇ……。で、ガパオってどんな料理なの？」

「日本ではガパオライスって呼ぶことが多いけど、鶏肉や豚肉の粗いそぼろをバジルと炒めたものをライスに付け合わせた料理ね」

「へぇぇぇ……ベータ時代のこの店には、そんな料理なかったはずだけどなあ……」

「正式サービスが始まる前に、タイに修業に行ったんじゃない？」

本気なのか冗談なのか解らないことを真顔で言うと、アスナは小さくため息をついた。

「わたし、もう限界。あなたがあと五秒で注文を決めないならわたしが決めるわよ」

「ひえっ、ちょ、ちょっと待って」

慌ててメニューに並んだ二つの料理名を睨み、安定のチキンライスにするか、冒険のガパオライスにするか四秒間煩慮してから、ふと思いつく。

「……両方頼んでシェアしません？」

するとアスナは、「いい考えね」と応じてから、やや音量を落として付け加えた。

「両方ラージにして」

本場タイで修業してきただけあって、ミンさんが出してくれたチキンライスとガパオライスは申し分ない味だった。極限の空腹という隠し味の影響もいくらかはあっただろうが、チキンライスはベータテスト時代の単なる《茹で鶏のっけ飯》とは比べものにならない味だったし、初めて食べるガパオライスもスパイシーで実に旨かった。

俺とアスナは、シェアした料理を三分かからず平らげると、バニラっぽい香りのするアイスティーをごくごく飲み、同時に「ふう――っ」と満足のため息をついた。

「……ねえ」

「ん？」

「あなたさっき、この街には名物らしい名物はないって言ってたけど、これならじゅうぶんに名物料理と呼べるんじゃないの？」

アスナの指摘に、食べながら考えたことを小声で答える。

「ベータ時代はここまで旨くなかったんだよ。何て言うか……ぼそぼそした米にぱさぱさした鶏肉が載ってるだけで……」

「でも、お米には違いなかったんでしょ？　アインクラッドで米料理らしい米料理が出てきたのって、このお店が初めてじゃない？」

「あー……」

言われてみればそのとおりかもしれない。三層のダークエルフ野営地でお粥を食べたことはあったが、あれはどちらかと言えば麦に近い穀物をミルクで甘く煮てナッツやドライフルーツを散らしたもので、米料理と呼ぶには抵抗がある。

「確かにそうかもな。でも、この店で使ってるお米、いわゆる長粒種だろ？　もちろんこれも旨いけど、短粒種の炊きたてご飯じゃないと、米食った！　って感じにはならないよな」

「……カオマンガイもガパオも知らないのに、なんでお米の長粒種と短粒種は知ってるわけ？」

怪訝な顔でそう訊かれ、何度か瞬きしてから答える。

「えーと……小学校で田植え体験した時に教わったんだったかな……」

「へえ、いいわね。わたしの小学校には田植え体験なんてなかったわ……田んぼで虫取りしたことはあるけど」

微笑みながら呟いたアスナだったが、リアルのことを話しすぎたと思ったのか、突然真顔に戻って咳払いした。

「ともかく、とっても美味しかったわ。いいお店を教えてくれてありがとう」

「ど、どういたしまして。正月感はまったくなかったけどな」

「もう一月五日だし、この暑さだもん。たとえお雑煮が出てきても、お正月気分にはなれないわよ」

肩をすくめ、アイスティーを飲み干すと、アスナは窓の外を見やった。店内は風が通るのでまあまあ涼しいが、正午を過ぎたばかりの屋外に照りつける日差しはまるで真夏のようだ。

ベータテストは現実時間の八月に行われたせいか、基本どのフロアも温暖な気候だったが、暑くて辛いと思うほどではなかった。もしかしたらチキンライスの味と同様に、七層の暑さもグレードアップしてしまったのだろうか。だとすると、布装備メインの俺やアスナはまだしも、全身金属鎧のタンク組にとってはこのフロアの攻略はなかなか辛いことになりそうだ。それに、あまり暑いのが得意そうではないダークエルフにとっても。

同じことを考えたのか、視線を戻したアスナがぽつりと言った。

「キズメル、大丈夫かしら」

「うーん……まあ、七層は暑いって言っても緑や水はいっぱいあるからさ。六層の涸れ谷みたいなことにはならないと思うよ」

という俺の答えに、細剣使いは一瞬きょとんとしてから眉を寄せた。

「違うわよ、暑さのことじゃなくて、秘鍵のこと」

「……あ、ああ、そっちか」

確かに、まず心配するべきはその件だ。

俺とアスナがダークエルフ側で進行させている《エルフ戦争キャンペーン・クエスト》は、リュースラ王国の騎士キズメルに協力して、各フロアに一つずつ封印されている《秘鍵》というアイテムを回収していくという基本構造になっている。三層では《翡翠の秘鍵》、四層では《瑠璃の秘鍵》、五層では《琥珀の秘鍵》、そして六層では《瑪瑙の秘鍵》を手に入れ、残り二つとなったところで想定外の事件が発生して、これまでに集めた四本の秘鍵を全て、敵対するフォールン・エルフの副将軍《剝伐のカイサラ》に奪われてしまったのだ。

問題は、恐らくその展開が、予定されていたシナリオではないということだ。デスゲームと化したアインクラッドに暗躍する、《黒ポンチョの男》率いるPK集団。あの連中がいつの間にかフォールン・エルフと手を組み、秘鍵奪取に協力した結果、ベータテストでは無事に六本集めることができた秘鍵をクエストの半ばでまとめて失ってしまった。他のプレイヤーが介入してきたがゆえの展開なのだから、キャンペーン・クエストは本来の筋道から外れたと思わなくてはならない。

キズメルとは、その出来事の直後に六層で別れたきりだ。カイサラに愛用のサーベルを折られてしまった彼女に、俺はサブ武器にしていた《エルブン・スタウト・ソード》を差し出し、無事受け取ってもらったので、繋がりが完全に切れたわけではないと信じたい。だがキズメルは、ダークエルフの神官とやらに秘鍵逸失の顚末を報告しなくてはならず、責任を追及される可能性もあるらしい。

心配そうに俯いたままのアスナに、俺は最大限しっかりした声を出そうと意識しながら語りかけた。

「別れ際にキズメルが言ってただろ。確か……『私は女王陛下に任ぜられたエンジュ騎士団の一員なのだから、コンセキする権利を持つのは騎士団長と陛下だけだ』ってさ。だから大丈夫だよ。この層でキャンペーン・クエストを始めれば、すぐにまた会えるさ」

「……譴責」

「へ？」

「コンセキじゃなくて譴責よ。失敗を戒めること」

憂い顔を呆れ顔に変えつつ注釈すると、アスナはふうっと息を吐き、まっすぐ俺を見た。

「うん、そうだね。くよくよしてる暇があったら動かなきゃ。お腹もいっぱいになったことだし、そろそろ七層の攻略、始めよっか」

そう言ってテーブル越しに右拳を突き出してくる暫定パートナーに、ニヤリと笑いかける。

「よし。まずは装備の更新からだな」

こつんと拳を打ち付けると、俺とアスナは勢いよく立ち上がった。

2

二〇二三年一月五日現在、俺とアスナのスキル構成と装備は以下のようになっている。

キリト　レベル22片手直剣使い（ソードマン）　スキルスロット：5
　設定スキル：《片手用直剣》《体術》《索敵（さくてき）》《隠蔽（いんぺい）》《瞑想（めいそう）》
　装備：《ソード・オブ・イヴェンタイド＋3》
　《コート・オブ・ミッドナイト＋6》
　《フォーティファイド・ブレストプレート＋4》
　《スキンタイト・シャツ＋2》
　《トラウザーズ・オブ・シャドウスレッド＋5》
　《スパイクド・ショートブーツ＋3》
　《リング・オブ・ブローン》
　《シギル・オブ・リュースラ》

アスナ　レベル21細剣使い（フェンサー）　スキルスロット：5*（6）

設定スキル：《細剣》《軽金属装備》《裁縫》《疾走》《両手用突撃槍》＊（《瞑想》）
装備：《シバルリック・レイピア＋7》
《ウーブン・フーデッドケープ＋2》
《シンリーメイド・ブレストプレート＋6》
《フェンサーズ・チュニック＋4》
《プレーテッド・レザースカート＋4》
《プランシング・ブーツ＋3》
《イヤリング・オブ・リプルズ》
《リング・オブ・ルミネセンス》
《シギル・オブ・リュースラ》
＊括弧内は《カレス・オーの水晶瓶》による入れ替えスキル

安全マージンを含めた攻略推奨レベルは、いちおうフロア数プラス10とされているので、俺もアスナも七層に挑むにあたってステータスの不足はない。武器防具も半分はボスドロップやクエスト報酬のレア装備だが、さすがに全身ぶんを揃えることはできず、俺の場合はブレストプレートやシャツやブーツ、アスナならケープやチュニックやスカートが店売り品だ。強化はしているが絶対的なスペックはレア物には及ばないので、新しいフロアに到着したらまずは

NPCショップを覗いて、いま使っている品よりも強力な装備品が（できればお手頃価格で）売っていないか確認するのが恒例行事となっている。

デスゲームSAOで生き延びるために欠かせない一手間であり、RPG的楽しさを味わえるわくわくイベントでもある——のだが。

「……なんだか、パッとしない品揃えね……主街区でいちばん大きいお店なのに……」

最初に入った防具屋の棚を一通り見て回ったアスナが、店員の耳に届かない音量でそうコメントしたので、俺もこくりと頷いた。

「だなあ……メシ屋と違って、こっちはアップグレードされなかったみたいだな」

「その言い方だと、ベータテストでもいまいちな感じだったの？」

「ぼんやりだけどそんな記憶がなきにしもあらず」

「……六層のスタキオンについてはあんなに細かく憶えてたのに、どうしてレクシオのことはうろ覚えなわけ？」

再び記憶の曖昧さを指摘され、俺は口をすぼめた。

その理由を説明するには、ベータ時代に俺を……いや、ベータテスターのほぼ全員を襲った悲劇に触れなくてはならない。できればこのまま記憶の奥底に封印しておきたいが、勘のいいアスナのことだ。誤魔化しは通用しないだろう。

ウホンと一度咳払いしてから、俺は言った。

「その理由を説明するには、街の出口まで行く必要がある」

「……別にいいわよ、買うものもなさそうだし」

「じゃあ行こう」

訝しげな顔のアスナを先導し、いったん転移門広場まで戻る。猛暑のせいか、はたまた街にさしたる見所がないせいか、相変わらずプレイヤーの姿はほとんどない。

ロングコートのみならずブレストプレートも除装したくなるが、この暑さは仮想のやつ！　と自分に言い聞かせて広場を横切り、レクシオの街を東西に貫くメインストリートを西に進む。さして大きい街ではないので、数分歩いただけで行く手に圏内と圏外を隔てる壁と立派な門が見えてくる。

「……あれ？」

右斜め後方をとぼとぼ歩いていたアスナが、小さく声を上げて隣に並んだ。

「どうして門が二つもあるの？」

その言葉どおり、メインストリートの突き当たりには、ほとんど同じデザインの門が二つ並んでいる。違いは、門の上部に飾られた大理石の彫像のみ。

右の門の彫像は、背を丸め、杖にすがり、風雨に耐えて歩くみすぼらしい身なりの男。

左の門の彫像は、上体を反らし、巨大なワイングラスを傾けるきらびやかに着飾った男。

どちらの門も開け放たれているので、フィールドがよく見える。緑の草原には、それぞれの門から二本の道が右と左へ延びているが、べつに道と道の間に障壁があるわけではないので、たとえば右の門から出て左の道に進むことは可能だ。なのに門が二つある理由は——。

「……大げさに言えば、その先でプレイヤーを待つ運命を暗示しているから、かな」

「運命……？」

ほんとに大げさね、と言わんがばかりの表情でちらりと俺を見たアスナが、再び二つの門を見上げる。

「だとすると……右の門から延びてる道は苦労して、左の門から延びてる道は楽できる、っていうふうに受け取れるけど」

「だいたい合ってる」

そう答えると同時に、俺たちは門の手前に設けられた広場に到着した。やはりプレイヤーの姿はない。恐らく二大ギルド《ドラゴンナイツ・ブリゲード》と《アインクラッド解放隊》のメンバーたちはすでにどちらかの道を選択し、先へ進んでいるのだろう。

門のすぐ手前まで歩くと、遠近エフェクトが変化し、フィールドを遠方まで見通せるようになった。《杖の男》の彫像がある右門の彼方には、うっそうとした森とごつごつした禿げ山。《杯の男》の彫像がある左門の先は、ほぼ平らな草原が見渡す限り続いている。

「えっと……このレクシオの街が、七層の東の端にあるのよね？　てことは、迷宮区タワーは西の端？」

アスナの問いに、再び頷(うなず)く。

「イエス」

「エルフ戦争クエストの開始点はどのへんにあるの？」

「フロアの真ん中あたりだったはず。どっちの道から行っても移動距離(きょり)はほぼ同じだよ」

「……じゃあ、楽なほうの道から行けばいいんじゃない？」

「そうだな。アスナに強靭(きょうじん)な意志力があれば、だけど」

「さっきからその思わせぶりな言い方、なんなのよ。道が二本あることと、キリト君の記憶(きおく)にどういう関係があるわけ？」

暫定(ざんてい)パートナーのいらいらゲージが上昇(じょうしょう)するのを感じた俺は、観念して全てを説明するべく口を開いた。

「えーとな……右の道は、モンスターが多いし地形も険しいしでそこそこ苦労するけど、まあ普通(ふつう)の攻略(こうりゃく)ルートだ。対して左の道は、モンスターは少ないし地形も平坦(へいたん)……でもその先に、でっかい街がある。このレクシオの二倍、いや三倍くらいありそうなやつが」

「大きい街……？　ダンジョンってこと？」

「うんにゃ、人間の街だよ。圏内(けんない)だし、宿屋や商店もいっぱいあるし、メシも旨(うま)い」

「その何が問題なのよ」

「問題は……その街に、でかいカジノがあることなんだ」

「は……？」

唖然と口を開けたアスナが、《杯の男》の彫像を振り仰いでから、再び俺を見る。

「カジノって、カジノ？　ラスベガスとかマカオにあるみたいな？」

「ラスベガスとかマカオにあるみたいな。どっちも行ったことないけど」

頷くと、俺は視線を左の門の彼方へと向けた。封印されていた忌まわしい記憶が、否応なく脳裏に溢れ出してくる。

「……ベータテストでは、参加プレイヤー一千人のうち、たぶん八割以上が左の道を選んだ。そしてその大半がカジノにハマって、その大半がスッカラカンになった。当時のウワサじゃ、七層でベータテスターの五割が脱落したらしい」

「…………」

たっぷり五秒ほども沈黙したアスナが、俺の前に回り込み、視線を遮った。

「ちなみに、あなたはどうだったの？」

「…………失ったよ、全てを」

苦い笑みを口の端に滲ませ、俺は答えた。

「それまでの攻略で貯めたコルの全額と、手に入れたレアアイテムが全部消え去った。残されたのはメインウェポンの剣一本だけ……。でも、俺は諦めなかったぜ。そこからもう一度立ち上がって、次の層を目指したんだ。確かにカジノでは負けたけど、ゲームそのものには決して負けたわけじゃ」

「右」

「は、はい？」

「右の道から行く」

俺のヒロイック・サーガをばっさり遮って宣言すると、アスナは《杖の男》の門に向かって歩き始めた。

その選択に、反対するわけではない。俺だって二度同じ過ちを犯すのはごめんだ。死んでも一層で蘇生できたベータテスト時代と違って、いまはもう真っ裸でやり直すことはできない。全てのコルと装備を失えば、はじまりの街にこもって誰かがデスゲームを攻略してくれるのをひたすら待つしかなくなるだろう。

――――だが。

俺の中の何かが……恐らくは、敗者のままでいることを良しとしないゲーマー魂のようなものが、アスナの背中に向けて、思わぬ言葉を発せしめた。

「ビーチ」

「……はあ？」

振り向いたアスナに、しかつめらしい顔で告げる。

「前にどっかで言っただろ？　七層の南側には、真っ白い砂浜に椰子の木が生えてるビーチがあるって。あれは、問題のカジノタウン……《ウォルプータ》の一部なんだ。まあ、本物の海ってわけじゃなくて、フロアの端までしかない湖みたいなもんだけど……でも水は塩辛かったよ」

「ビーチ………」

実に複雑な表情でひと言呟くと、アスナは強烈な陽光を再放射する上層の底を一瞥し、再び俺を見た。

「……でもこんな暑さだし、そのビーチも人でいっぱいなんじゃないの？」

「それが、ビーチの通行証を手に入れるには、カジノでかなりチップを稼がなきゃいけないんだよな。DKBやALSの連中がギャンブルにハマるとも思えないし……」

脳裏にDKBリーダー・リンドとALSリーダー・キバオウのしかめ面を思い浮かべながら言うと、アスナも似たような表情でずいっと一歩近づいてきた。

「それ、わたしたちもカジノで賭けなきゃビーチに入れないってことじゃない」

「ま、まあ、そうだけど……でも俺がその話をした時、アスナ、言ってなかったっけ？　確か、もし七層が常夏フロアだったら、ビーチで何かするとかしないとか……」

「………」

するとアスナは虚を突かれたように数回瞬きしてから、不自然に視線を泳がせつつ唸り声を漏らした。

「うー」

「う、うー？」

「う〜〜〜」

「うう〜う〜？」

途端、軽く脇腹を小突かれてしまう。どうやら亜人語で喋っていたわけではなさそうだ。

「……その通行証って、コル換算でどれくらいするの？」

「えっと……ベータテストと同じなら、カジノチップ1枚が百コルだから……三万コルだったかな？」

「さんまん！」

と叫んでしまうのも無理はない。現時点での俺の全財産は約九万コル、アスナも似たようなものだろう。その三分の一を単なる海遊びのために費やすなど狂気の沙汰だ。だが。

「ま、待った。ビーチの通行証はチップ三百枚と引き替えってわけじゃなくて、カジノで三百枚ぶん勝つだけで貰えるんだ。いわば、ええと、VIP特典みたいな感じで……」

「……じゃあ、通行証を手に入れたら、手持ちのチップはコルに戻してもいいってこと？」

「残念ながらチップからコルへの両替はできないけど、換金性の高いアイテムに交換してから売れば大丈夫」

ストレートにチップ三百枚ぶん勝てればね！　と心の中で付け加えたが、自明のことなので声には出さない。

「うーん……」

腕組みをして悩み続けるアスナを見ながら、これでもなお右の道を行くという決断をしたら、もう何も言うまい……と俺は考えた。

十秒後、腕を解いた細剣使いは、まず《杖の男》の彫像を見上げ、続いて《杯の男》の彫像を睨んだ。

「……たとえチップ三百枚どころか三万枚勝ったとしても、あんなふうに豪遊とか絶対しないからね」

「……は、はあ」

「じゃあ、行きましょ」

そう告げ、左の門へと足早に歩いていくパートナーを、俺は無言で追いかけた。

七層主街区レクシオの《選択の門》から右側、つまり北西に延びる道をNPCの住民たちは《向かい風の道》と呼び、左側、すなわち南西に延びる道は《追い風の道》と呼んでいる。

もちろん実際に双方向の風が吹いているわけではないが、大いに納得できるネーミングだ。俺とアスナが選んだ左の道はレンガで綺麗に舗装され、両側はところどころに花が咲く草原、ずっと緩やかな下り坂基調で、そのうえモンスターもほとんど出ない。

「……これでもうちょっと涼しければ、いままでいちばん楽な移動かもね」

隣を歩くアスナの言葉に、あくびを噛み殺しつつ頷く。

「二層のフィールドも基本のんびりしてたけど、たまに暴走牛が出たからな……」

「懐かしいわね、牛フロア。あのでっかいショートケーキ、また食べたいな」

「《トレンブル・ショートケーキ》か。あー、どうせなら転移門で二層のウルバスに戻って、あのケーキで幸運バフを掛けてからカジノを目指せばよかったかも」

俺のナイスアイデアを、アスナがため息混じりに一蹴する。

「あのバフ、確か持続時間十五分でしょ。絶対間に合わないわよ」

「わかんないぞ、全行程をフルスピードでダッシュすれば、最初の一勝負くらいはできるかも」

「やっぱりあなた、単にカジノで遊びたかっただけじゃ……」

というアスナの指摘に、ぶうん、という低い羽音が重なった。二人同時にさっと剣を抜き、背中合わせに構える。

《追い風の道》にほとんどモンスターは湧出しないが、湧いたモンスターが弱いというわけではない。ステータスはしっかり七層レベルで攻撃パターンも複雑なので、油断していると足をすくわれることもある。

アスナが道の北側、俺が南側に油断なく視線を走らせていると、再び羽音が聞こえ、鋭い声が続いた。

「伏せて！」

本能的に振り向きたくなるのを堪え、限界まで体をかがめる。直後、背中のすぐ上を、何かが猛烈なスピードで通過していく。

素早く顔を上げると、十メートルほど先の空中にホバリングする緑色の影が見えた。透明な翅を震わせる、体長五十センチほどの甲虫。シルエットはずんぐりしているが、頭の先から体と同じくらい長くて鋭い角が伸びている。薄赤いカラーカーソルに表示された名前は【Verdian Lancer Beetle】。そのまま訳せば《ヴェルディアのヤリカブト》とでもなるだろうか。

「……ヴェルディアって何？」

隣に立ったアスナの囁き声に、小声で答える。

「この草原の名前……だったはず。っと、また来るぞ！」

ホバリングしていた甲虫が、艶やかなエメラルド色に輝く鞘翅を持ち上げた。ぶんっ！と空気が唸り、巨大な体が一直線に突っ込んでくる。

このフロアから初めて出現するヤリカブト類の角は、最高速で直撃すればプレートアーマーに大穴を開けるほどの威力を持っている。片手武器でパリィするのはほぼ不可能、ガードするにはソードスキルを当てるしかないが、猛烈なスピードで襲ってくる鋭利な角を迎撃するのは容易ではない。失敗すれば急所の胸か頭をぶち抜かれ、弱点クリティカル判定で即死することも有り得る。

俺とアスナは再びしゃがみ込み、ヤリカブトの突進を躱した。すかさず立ち上がりつつ振り向き、草原の上でゆっくり旋回する甲虫を睨む。

「回避はできるけど……これ、キリがなくない？」

アスナがそう呟いたので、小さく肩をすくめる。

「キリがないってことはないよ。回避を繰り返してるとだんだん突進の軌道が低くなるから、そのうちしゃがみじゃ避けられなくなる」

「じゃ、じゃあどうするのよ」

という質問に、ベータテスターとして答えるのは簡単だ。しかしそろそろアスナにも、初見のモンスターの攻略法を組み立てる考察力と直感力を身につけていってほしい。俺がいつも隣にいられるとは限らないのだから。

「あいつの弱点、どこか解るか？」

「……体の下側？」

即座に答えるアスナに、「さすが」と頭の中で賞賛を送りつつ注釈する。

「正確には、六本脚の付け根の真ん中にある神経節だな。いちおう脳も急所だけど、たいてい装甲が厚いし、あいつは角のせいでなおさら狙いにくい」

「でも、体の裏をどうやって……」

アスナがそこまで言った時、ヤリカブトがまたしても鞘翅を限界まで持ち上げた。突進攻撃のサイン。

一直線に突っ込んでくる時のヤリカブトは、頭と前胸部、そして広げた鞘翅しか見えない。どこも分厚い甲殻に覆われていて通常攻撃は高確率で弾かれるし、ソードスキルを当て損ねれば即死級のカウンターダメージを喰らう。

だが俺は、ヒントのつもりで、敢えて単発縦斬り技《バーチカル》のモーションを起こした。隣のアスナが、途惑ったようにシバルリック・レイピアの切っ先を揺らす。

しかし直後、剣をぴたりと静止させ、次いで単発突き技《リニアー》の構えを取る。二本の剣が甲高い振動音と淡い燐光を放つ。

それに触発されたように、ヤリカブトが三回目の突進を開始した。即座にしゃがみたくなる衝動に耐え、タイミングを計る。隣のアスナも、ソードスキルを保持したまま身じろぎひとつしない。どうやら、俺がベータテストで二回死んで思いついた攻略法に、わずかなヒントだけで辿り着いたらしい。

原始的恐怖を呼び起こす低い羽音が、急激に音量を増す。凶悪なまでに鋭利な角の先端が、わずか三メートルにまで近づいたその瞬間、俺とアスナはいままでとは逆に、背中から地面に倒れ込んだ。

ヤリカブトが、装甲の薄い腹部を晒しながら眼前を通過していく。仰向けに倒れかけたこの体勢では、通常攻撃を放ってもほとんど威力を乗せられないが、ソードスキルは別だ。体に対する剣の位置と角度さえしっかり保てば、たとえ転倒しながらでも発動できる。残念ながら、システム・アシストと同調して地面を蹴る《威力ブースト》は使えないものの、昆虫型モンスターの腹を狙うならそこまでは必要ない。

「「ハアッ！」」

俺とアスナは、異口同音の気勢に乗せて、《バーチカル》と《リニアー》を放った。

青と銀の光芒を引きながら、二本の剣がヤリカブトの脚の付け根に吸い込まれ、深々と斬り裂いた。

弱点クリティカル攻撃に成功したことを知らせる、ズガッ！　という爽快な衝撃音と手応え。モンスターのずんぐりした体が弾かれたように舞い上がり、深紅のダメージエフェクトを振り撒きながら錐揉み回転する。ベータ時代なら同じ攻撃を三、四回当てないと倒せなかったのだが、当時よりレベルも武器のスペックも高いし、何より二人いる。この感じなら、あと一回で倒せるだろうと考えながら、俺は左手で地面を突いて跳ね起きた。

「いまので正解だ！　もう一度、同じ攻撃を……」

と、そこまで叫んだ時。くるくる回転するヤリカブトが、そのまま地面に落下し、バウンドしてから空中で不自然に静止した。一瞬ぐっと収縮してから、青いパーティクルとなって爆散。無数の破片も、たちまち空気に溶けて消滅する。

「……あれっ」

唖然とする俺の背後で、アスナが拍子抜けしたような声を出した。

「なんだ、一撃だったじゃない」

「いや……正確には二撃だけど、それにしてもなあ……HPが下方修正されたのかな……」

あるいは死んだふりをするスキルか何か、とまで考えたが、コルと経験値、アイテムの獲得を知らせるウインドウが出たので倒したことは間違いないようだ。アスナがレイピアを納刀し、さっそくアイテムをチェックし始める。

「へえ、さすが層が変わっただけあってお金も経験値もいっぱいくれるわね。でもアイテムは……素材ばっかりか」

「虫Ｍｏｂの素材はバカにできないぞ、店売りよりかなり強い防具になったりするからな……見た目はちょっとアレだけど……」

そう応じながら、自分のドロップアイテムを最終行までスクロールさせた直後、俺はここが圏外であることを忘れて奇声を上げてしまった。

「お、おおおおおお⁉」

「ちょっ……な、何よ⁉」

駆け寄ってくるアスナに背を向け、アイテムの実体化ボタンを押す。ウインドウ上に出現したオブジェクトを右手で摑み、振り向いて――。

「じゃ～～ん‼」

アスナの鼻先に、ガーネットのような深いローズピンクに輝く、八面柱形状のクリスタルを突きつける。

だが、暫定パートナーには残念ながらアイテムの価値が伝わらなかったらしい。きょとんとした表情で、俺とクリスタルを交互に見ながら言う。

「……これ、何なの？」

「えーと……正式名称《ヒーリング・クリスタル》、通称《回復結晶》です」

「あっ、これがウワサの！」

ようやく顔を輝かせると、アスナは俺の手から結晶をひったくり、陽光にかざした。

「へええ、こんな感じのアイテムなのね……。これ、一瞬でHPをフル回復できるってほんと？」

「ほんとほんと」

「どうやって使うの？」

「そりゃもちろん、ボリボリ齧って……」

そこまで口にしてから、デスゲーム攻略の生命線となるであろう最重要アイテムの使い方で冗談を言うべきではないと思い直し、咳払いしてアスナの手から結晶を回収する。

「ここからはマジな話。どの結晶アイテムにも言えることだけど、使い方はとっても簡単だ。その一、指で結晶をタップして、出てきたメニューから《使用》を選ぶ。その二、こうやって片手に持って、自分に使用する時はそのまま、他人に使用する時はもう片方の手を相手の体にしっかり接触させて、ヒー……あっぶね‼」

俺が放り出した回復結晶を、アスナが「ちょっと！」と叫びながら空中でキャッチした。

「な、なにいきなり投げてるのよ！」

「い、いや……それ持って、ヒールって言うだけで使えるんだよ。危うく、ＨＰ満タンなのに使っちゃうところだったよ……」

額に冷や汗を滲ませながら奇行の理由を説明すると、アスナが深く長いため息をついた。

「あのねえ、あなたこれベータの時に何度も使ったんでしょ」

「何度もってほどじゃない。十層でもまだまだ貴重品だったからな……。俺も他のテスターも、ここぞってとこで結晶をケチって死んだもんさ」

「それ、今回は気をつけないとね。自分かパートナーが危険だと思ったら、躊躇なくヒー……あぶなっ‼」

突然叫んだアスナが、まるで真っ赤に焼けた石のように放り投げた回復結晶を、今度は俺がキャッチする。

「…………」

「…………」

二人で顔を見合わせ、しばし沈黙してから、アスナが小声で言った。

「それ、もうしまったほうがいいんじゃない？」

「そ、そうだな」

頷き、左腰のベルトポーチを開けたものの、俺はそこで手を止めた。

「いや……これはアスナが持っててくれ」

「え、そっちにドロップしたんだからキリト君のでしょ」

「俺たちのコンビは、どっちかと言えば俺が前衛で、アスナが後衛だろ？　結晶アイテムは、状況を把握しやすい後衛が持つのがセオリーなんだ」

真顔でそう言いながらクリスタルを差し出すと、アスナは小さく口を引き結んだ。

俺の言葉は嘘ではない。前衛プレイヤーは、目の前の敵に集中しすぎると自分のＨＰ残量を把握し損ねることがあるし、普通は両手が塞がっているので結晶を使おうと思ったら戦闘中に武器か盾を手放さなくてはならない。

その点、俺は常に左手がフリーなので戦いながらアイテムを取り出すことも可能なのだが、幸いアスナはそれを指摘しようとはせず、いちおう解った。俺の手から回復結晶を受け取った。

「……後衛扱いは不本意だけど、じゃあ、これはわたしが預かっておくね」

「預かるだけじゃなくて、さっきアスナが言ってたように、自分が危なくなった時も躊躇わずに使えよ」

「…………ん」

頷き、ベルトポーチに結晶を落とし込む。

ふと、やっぱり俺が持ってたほうがよかったかも、という考えが脳裏を過ぎる。その場合、自分のためにはギリギリまで使わず、極力アスナのために取っておくことができる。同じことを、アスナも考えるのではないか。

——いや、だったら二人とも持てばいい。回復結晶や浄化結晶はベータテストではかなりのレアアイテムだったが、七層で初めて倒したモンスターがドロップしたということは、正式サービスではドロップ率が上方修正されたという可能性もある。

同様の結論に至ったのか、周囲の草原を見回しながらアスナが言った。

「……ねえ、回復結晶って、さっきのカブトムシしか落とさないの？」

「いや、そんなことはないよ。落としやすいモンスターってのはいるけど、六層からは基本的にどのモンスターもごく低確率でドロップするはずだ」

「ごく低確率……って、具体的には？」

「えーと……あくまでベータテストの時に検証された数字だけど、六層で〇・〇一パーセント、七層で〇・一パーセント……だったかな」

「〇・〇一……って、一万匹倒して一回落ちるかどうかってこと⁉」

眉を逆立てるアスナに、俺は慌ててかぶりを振った。

「待った、それは六層の数字だから！　実際、俺たち六層で山ほどモンスターを倒したけど、結晶は一個もドロップしなかっただろ？　でも七層は〇・一パーだから……」

「それでも千匹に一回じゃない！」

「ま、まあそうだけど……でもベータの時から確率がアップしてる可能性もあるよ」

俺がそう言うと、アスナはようやく頭上の怒りマークを消した。

「……確かに、最初の一匹でドロップしたもんね。じゃあ……近くに人もいないし、もうちょっと続けてカブトムシ狩ってみる？」

「そうだな……」

視界端の時刻表示をちらりと見る。午後一時十五分。現在位置からカジノ都市ウォルプータまでは、のんびり歩いても二時間かからないはずなので、ここであと一時間少々狩りをしても暗くなる前に到着できる計算だ。

「……じゃあ、ヤリカブト攻略の練習も兼ねて、このへんで定点狩りしてみるか」

「了解！」

にこっと笑ったアスナが、さっそく道から外れて北側の草原に踏み込んだ。

俺とアスナは、一時間半で十五匹ほどの《ヴェルディアン・ランサービートル》と、二層で散々戦ったハチ型モンスターの強化版である《ヴェルディアン・ポイズンワスプ》を十匹ほど、そして地面からにょっきり出てくるヘビのようなミミズのようなトカゲのようなモンスター、《グリーシー・ワームリザード》を五匹倒した。

モンスターの湧きが少ない《追い風の道》で、三分に一匹というのは相当なハイペースだ。アスナもヤリカブト攻略法である《倒れながらソードスキル》をすぐにマスターし、一回だけ倒れ込んだその場所からワームリザードが飛び出してきて泡を食ったものの、総じて安定した狩りができた。

金と経験値、素材アイテムもたっぷり貯まったが、残念ながら肝心の結晶アイテムは一つもドロップしなかった。三十匹程度では確率が変更されたか否かを判断するにはまるで足りないにせよ、少なくともざくざく落ちるというわけではなさそうだ。

「……どうする、もうちょっと頑張ってみる？」

レイピアを握ったまま問いかけてくるアスナに、俺は少し考えてから答えた。

「いや、そろそろ切り上げよう。これ以上粘ってると、暗くなる前にウォルプータに着けなくなっちゃうからな」

「暗くなると何かまずいの？」

真顔で訊かれ、一瞬言葉に詰まる。夕日に照らされるウォルプータの街が凄く綺麗だから……とは言えず、ありきたりな理由を口にする。

「いちおう初めて通る道だから、暗いと迷うかもなーって」

言いながら空を見上げる。時刻はまだ午後三時前だが、空間に満ちる光は金色の輝きを帯び始め、気温もいくらか下がってきたようだ。

「一本道だから大丈夫でしょ……まあ、別にいいけど」

いちおう納得したらしく、アスナは涼やかな音を立てて納刀した。俺も愛剣を背中の鞘に収め、少し歩いてレンガ敷きの道に戻る。

「……しっかし、一時間半も狩りしてたのに、他のプレイヤーが一人も通らなかったな……。なんでだろ……」

首を傾げると、アスナもいま気付いたように道の前後を見やった。

「そう言えばそうね。……やっぱり、DKBもALSもエギルさんたちも《向かい風の道》を選んだんじゃないの？」

「えー？　あっちのメリットって、カジノで破産するリスクがないことくらいだぞ」

「……その言い方だとわたしたちには破産のリスクがあるみたいに聞こえるけど」

やぶ蛇だったと肩を縮め、南西方向を指差す。

「ま、まあ、とりあえず急ごうぜ。ウォルプータに着いたら、カジノ以外にもやることが色々あるからさ」

まだ胡散臭そうな顔をしているアスナを促し、俺は夕暮れの気配近づく街道を足早に歩き始めた。

3

その後はほとんどモンスターに絡まれることもなく、俺たちは差し渡し五キロメートルにも及ぶヴェルディア草原を横断し終えた。

最後の丘を登り終えた途端、アスナが「わあっ！」と歓声を上げ、たたっと数歩走った。

眼下には、まるでファンタジー世界のような……いや実際にファンタジー世界なわけだが、いままでアインクラッドで通り過ぎてきた数々の都市の中でも一、二を争うほど瀟洒で可憐な街並みが広がっている。

右手から左手に向かって緩やかに下る斜面に、階段状に連なる家々は全てが純白の漆喰造り。大きめの建物は屋根が深みのある青に塗られ、それらが金色の夕日と無数のかがり火に照らされている光景は美しいのひと言だ。ベータ時代は主街区と同じ灰色の石造りだったはずなので、正式サービスまでのあいだに街ごとリノベーションされたらしい。最下部に並ぶ家々の奥には、純白のビーチとエメラルド色の水面がのぞく。

俺が見せたかった光景を前に、しばし立ち尽くしていたアスナが、ため息に乗せて囁いた。

「きれい……サントリーニ島みたい……」

「サントリーニ島……って、実在するやつ？」

　と俺に訊かれた途端、夢から醒めたような顔でこちらを見る。

「実在するやつよ、エーゲ海にあるギリシャ領の島。あの街とそっくりな、イアっていう港街があるの」

「ふ、ふうん……」

　行ったことあるのか、という質問を呑み込んで違うことを訊ねる。

「じゃあ、モデルにしたのかもしれないな。そのイアにもカジノがあるのか？」

「うーん……。ギリシャにはカジノリゾートがいくつかあるって聞いたけど、サントリーニ島にはなかったと思う」

　誰に聞いたのか、という質問も呑み込み、俺は肩をすくめた。

「なるほどね。あそこ……街の奥を見てみろよ」

　俺が指差したのは、階段状の街の突き当たりに鎮座する、ひときわ巨大な建物だった。

　コバルトブルーのドーム屋根を持つ八角形の館の左右に、円錐屋根の尖塔がくっついている。見た目は宮殿のようだが、あれこそがベータテストで数多のプレイヤーを歓喜と絶望の坩堝に突き落とした《ウォルプータ・グランドカジノ》だ。

「……あれが、例の？」

　アスナの声に、ゆっくりと頷く。

「ああ。いいかアスナ、あのカジノは、ありとあらゆる方法で俺たちの精神力を試してくる。

決して熱くならず、しかし臆病にもならず、冷静かつ大胆に……」

「そういうのいいから」

　突き出した右手で俺の口を塞ぐと、アスナは言った。

「ささっとチップ三百枚稼いで、ビーチで一休みして、キズメルに会いに行くわよ」

「……ハイ」

　頷いた俺の口許から手を離し、アスナはすたすたと丘を降りていった。


　ウォルプータの街は、主街区レクシオと面積は同じくらいだが、活気は三倍増しだった。漆喰を塗られた純白の門をくぐった途端、メインストリートの左右に軒を連ねる屋台や食堂や酒場から賑やかな声と魅惑的な匂いが押し寄せてくる。

　レクシオで最高に旨いチキンライスとガパオライスをがっつり食ったじゃないか、と自分に言い聞かせようとしたが、考えてみればあれからもう六時間は経っている。予定外の定点狩りで消耗したし、夕焼けの色もどんどん濃くなってきたし、早めの晩飯にしてもいい頃合いではあるまいか。

「……なあ、アスナ……」

　隣に呼びかけたのと同時に、パートナーもこちらを見た。

「ねえ、キリト君」

手振りでお先にどうぞと告げると、アスナは瞬きして続けた。

「どうせカジノは遅くまで開いてるんでしょうし、先にご飯食べない？」

「遅くっていうか、二十四時間営業だけどね」

「あ、そう……」

「でもメシは賛成。何食う？」

「何が名物なの？」

またしてもそう訊かれ、俺はうむむと考え込んだ。

ベータテストの時は、七層クリアに要した時間の半分以上をこの街に吸い取られたわけだが、食べ物の記憶は正直薄い。なぜなら当時の俺は、さきほど口にした「冷静かつ大胆に」という諫言の正反対——恐慌と怯懦に支配されて「アワワワワ」しか言えないような状態だったからだ。

「え、えーと……ここはアスナさんの勘と知識と料理運に任せようかな」

「はあ……？　まあ、いいけど……」

眉を寄せつつも、まんざらではなさそうな様子でアスナは通りの左右を見回した。

斜面に築かれたウォルプータの街は、北側のアップタウンが住宅街、南側のダウンタウンが商業街になっているが、飲食店はほぼ全てが街の中央を東西に延びるメインストリート周辺に集まっている。

　さらに、通りの突き当たりにあるウォルプータ・グランドカジノに近づくほど店のグレードが高くなるという仕組みで、ことにカジノのすぐ手前の超高級レストランは、七層とは思えないほどの金額をぶったくられる。

　目の前をゆっくり歩くアスナが、その店を選んでしまったらどうしよう……と遅まきながら怯える俺だったが、幸い白革のブーツがかつっと踵を鳴らして止まったのは、メインストリートを三分の一ほど進んだ場所にある店の前だった。

　広い入り口を開放し、軒下にも屋外席を並べた店構えは、レストランというより食堂といった雰囲気だ。明るい店内からは、食器やグラスがぶつかる音と賑やかな話し声が絶え間なく流れ出ていて、俺は嫌いではないがアスナの好みからは外れている気がする。

「ここでいいのか……？」

　と訊ねようとした俺の耳に、ひときわやかましい声が飛び込んできた。

「お前ら、ここはワシのオゴリやからな！　遠慮せんとガンガン頼めや！」

　途端、歓声と指笛の音が炸裂する。

「よ、太っ腹！」「トゲトゲ頭！」「おねーさん、生エールの特大三つ！」「四つで！」「あとソーセージ盛り合わせ二つ！」

　俺はアスナと顔を見合わせてから、レストランの戸口まで移動し、中を覗き込んだ。

　さほど広くもない店内の中央に二つある大テーブルは、どちらも見慣れたダークアイアンとモスグリーンの装備を身につけたプレイヤーで埋まっていた。カラーカーソルのギルドタグを確かめるまでもない。彼らは二大攻略ギルドの片方、アインクラッド解放隊のメンバーたちだ。そして、左側のテーブルの真ん中で特大ジョッキを一気飲みしているトゲトゲした髪型の男が、ギルドリーダーのキバオウ。その周りにはオコタンやシンケンシュペック、北海いくらといった主力メンバーの姿もある。

「……あいつら、なんでもういるんだ……？」

呟く俺のすぐ下で、アスナも啞然としたように言った。

「わたしたちより早くこの街を目指したってこと……？」

《追い風の道》で追い越されなかった以上、そう考えるしかない。つまりALSの連中は、昨夜は七層主街区レクシオの宿屋に泊まり、今日の朝早く出発して、ウォルプータに移動したということになる。

レクシオは確かにぱっとしない街だが、クエストもそれなりにあるし、近くにはいい感じの狩り場もある。小回りの利く少人数チームと違って、大規模ギルドはどうしてもメンバー間でレベル差がつきやすいので、新しいフロアに来たら主街区周辺で最低一日はレベリングするのがセオリーのはずだ。なのにどうしてこんなに早く拠点を移し、しかも宵の口から酒盛りなぞしているのか。

アスナと一緒に首を捻っていると、背後から別口の歓声が聞こえてきた。

「………？」

揃って振り向き、通りの反対側を見る。

そこには、ALSが陣取っている店と同じくらいの規模だがやや上品な佇まいのレストランがあった。小走りに道路を横切り、入り口の扉は閉ざされているので窓からそっと店内を覗く。

途端――。

「今日の勝利に！」

という声に、「カンパーイ！」という唱和が続いた。

二つある大テーブルを埋めているのは、メタルシルバーとコバルトブルーの装備を着込んだプレイヤーたち。もう一つの攻略ギルド、ドラゴンナイツ・ブリゲードであることは疑いようもない。

店の奥で一人立ち上がり、エール酒の大ジョッキを掲げているのは、長髪を後ろでくくった痩せ形の男。ギルドリーダーのリンドだ。近くには、幹部のシヴァタやハフナーの顔もある。

「DKBまで……どうして……？」

というアスナの問いに、俺も疑問を重ねた。

「しかも、なんであいつらこんな時間から酒飲んでるんだ？」

「今日の勝利に、とか言ってたわよね。フィールドボスでも倒したのかしら」

「ウォルプータ周辺に、宴会するほどのフィルボはいなかった気がするけどなあ」

俺の適当な略語に顔をしかめると、アスナは窓から離れた。

「まあ、この街に来たってことはどっちのギルドもカジノが目当てなんでしょうけど、道路の両側で張り合うみたいに宴会してる理由は気になるわね。またトラブルに巻き込まれる前に、状況を把握したいわ」

その言葉に異論はない。五層ではDKBとALSのギルドフラッグ争奪戦、六層ではフロアボス討伐競争に巻き込まれて大変な苦労をしたので、また両者が新たなネタで角突き合わせているなら、のっぴきならない状況になる前に情報を仕入れておきたいところだ。

となれば、訊ねる相手は一人しかいない。

「どうせアイツもこの街に来てるだろうし、連絡してみるか……」

俺が言うと、アスナは顔を輝かせながら頷いた。

会って話したい、というインスタント・メッセージに返事が来たのは二分後だった。

【いまアツいとこだから十五分後でいいか？　噴水広場の南西にある《ポッツンポッツ》って店で】

俺のウインドウを覗き込んだアスナが、不審そうな声を出した。

「アツいとこ……って、経験値稼ぎでもしてるのかしら」

「いやあ、違うと思うよ……」

「じゃあ、なに？」

「それは本人に訊いてくれ」

そう言ってウインドウを消す。

指定された噴水広場は、ウォルプータの街を東西に貫く大通りと南北に貫く大階段が交わる場所にある。現在位置からはほんの百メートル足らずしか離れていない。普通に歩けば五分とかからないので、通りの左右に立ち並ぶメシ屋を覗きつつゆっくり進み、十分かけて目的地に到着。

噴水広場は、俺調べでウォルプータ第三位の——一位はもちろんカジノ、二位はビーチ——観光スポットだ。面積はさほどでもないが、広場の中央には鳥の頭をした女神の彫像がそびえ、足許の天然岩から清らかな水がこんこんと湧き出して円形の泉を作っている。

泉に近づいたアスナが、鉄柵越しに中を覗いた途端「あっ」と声を上げた。

「見て、金貨や銀貨がいっぱい！」

その言葉どおり、かがり火に照らされた水底には無数のコインがきらきらと輝いている。気のせいか、ベータ時よりも枚数が増えているようだ。

「飛び込んで拾うなよ、衛兵がすっ飛んでくるぞ」

「拾わないわよ！」

俺の脇腹をぐりっと小突いてから、アスナは再び泉を見た。

「……すてきね、トレヴィの泉みたい」

「あ、それは俺も知ってるぞ。ローマにあるやつだろ」

「正解。わたしもコイン投げよっと」

そう言ったアスナが、ベルトポーチの小ポケットから銀貨を二枚つまみ出した。

「ええっ、二百コルも投げるの⁉　ここ、べつにバフがかかったりしないぞ」

「いいの！」

もういちど俺を睨むと、なぜか泉に背を向け、肩越しに二枚のコインを放る。軽やかな水音を上げて着水したコインは、ゆらゆら揺れながら沈んでいき、泉の底に少し重なって静止した。

「……何も、二枚も投げなくたって……」

二百コルあればレクシオのミンさんの店でチキンライス大盛りを五皿も食えるのに、などと考えながらなおもぶつぶつ言っていると、アスナがため息混じりに答えた。

「トレヴィの泉には、投げるコインの枚数で叶う願いが変わるっていう言い伝えがあるのよ」

「へえ、どんなふうに？」

「一枚だと、またローマに来ることができる。二枚だと、大切な……」

しかしそこでなぜかバシッと口を閉じ、そっぽを向いてしまう。

「あとは自分で調べて」

「アインクラッドでどうやって調べるんだよ……」

「現実世界に戻ってから検索でもなんでもすればいいでしょ」

「気の長い話だなあ」

その頃には絶対忘れてるよ、と思いながら視界右端を見る。

「やべ、あと一分だ」

「あっ、そうだった」

慌てて泉から離れ、広場の南西へとダッシュする。しかしそこには観光案内所があるだけで、指定されたポッツンポッツなる店は見当たらない。

「あれ、ないわね……他の角かしら」

「いや、ちょっと待った」

俺は左手でアスナのチュニックの袖口を摘まみながら鼻をひくつかせた。ごくかすかだが、夜風に何やらいい匂いが含まれている。

「……こっちかな……」

広場の南に移動すると、街を貫く大階段がまっすぐ延びている。階段と言っても一段の踏み面が三メートル、幅は十メートルほどもあり、中央には花壇が設けられている立派な道路だ。まっすぐ下った突き当たりには大きな門がそびえ、その向こうの砂浜と海（正確には湖だが）、彼方のフロア外周部と無限の夕焼け空までが一望できる。実に見事な眺めだが、いまは見とれている時間はない。

アスナの袖を引っ張りつつ大階段を下り、細い脇道を右へ。すると、ちょうど観光案内所の真裏にあたる場所に、小さな立て看板が出ていた。ぐにゃぐにゃした書体で記された店名は、確かに《Pots N Pots》と読める——が、意味は解らない。

「あ、ここね！」

というアスナの声に、しゅたたたっというかすかな足音が重なった。路地の前方から小さな人影が猛スピードで駆け寄ってきて、こちらに身構える隙も与えずに目の前で停止する。

「わりーわりー、二十秒遅れタ！」

そう言ってぺこりと頭を下げたのは、サンドグレーのフーデッドケープを被った小柄なプレイヤー——情報屋、《鼠》のアルゴだ。

俺に摘まれたままの袖を素早く引き戻したアスナが、一歩前に出て明るい声を出した。

「ううん、わたしたちもいま来たとこだよ！」

「そっか、アーちゃんお久し……でもないナ、ゆうべ別れたばっかだもんナ」

ひょいと肩を上下させるアルゴに、俺も軽く右手を持ち上げながら言った。

「うっす、アツいとこを邪魔して悪かったな」

「いやあ、ちょうど切り上げどこだったヨ」

「勝ったのか？」

「とんとんかナ。今日はあくまで下調べサ」

きょとんとしていたアスナが、不意に大声を上げる。

「あーっ、アツいって、もしかしてカジノのこと？　アルゴさん、賭け事してたの？」

「賭け事って言われると、なんか犯罪臭が漂うナー。ギャンブルって言ってくれヨ」

「同じことでしょ」

その指摘にニシシシと笑うと、アルゴはアスナの右肘あたりをぽんぽん叩いた。

「まあそう言うなってテ。今夜中に、攻略本の七層編第一号を売り始める予定だからナ。これも情報屋の仕事サ」

疑わしいもんだなあ……と思ってから、ふと気付く。

「あれ……七層の攻略本、まだ売ってなかったのか？　てっきりお前の攻略本を読んだから、ALSとDKBの連中がウォルプータに直行したんだと思ってたけど……」

俺の言葉に、アルゴは再び肩をすくめた。

「ま、ベータテスターは他にもいるからナ。そっちからカジノの情報を仕入れてたんだろうサ……ていうか、店に入らないカ？　オイラ、もうハラペコだヨ」

と言われた途端、我が仮想の胃もきりきりと捩れた。アスナも無言で深く頷くので、アルゴに続いて謎の店ポッツンポッツに突入する。

店内はレクシオのチキンライス屋よりさらに狭く、カウンター席が四つしかない。そのうち三席をアルゴ、アスナ、俺の順で占領し、まずメニューを探したがカウンター上には見当たらない。きょろきょろしていると、アスナの向こうから声が届く。

「キー坊、メニューは正面の壁だゾ」

「んあ？」

顔を上げ、奥の壁を見ると、確かに小さなアルファベットがぎっしり並んだ板が掲示されていた。装飾品かと思っていたが、あれがメニュー表だったようだ。

「ええと……チキン・アンド・トマト……チキン・アンド・ビーン……チキン・アンド・マッシュルーム……」

少し飛ばして読むと、チキンの次にはビーフ・アンド・ナントカ、その次にはフィッシュ・アンド・ナントカ、その次にはマトン・アンド・ナントカと続き、板の左側にいくとラビット、ディアー、パートリッジといった単語も読み取れる。

「ラビットは兎、ディアーは鹿だよな……パートリッジって何だ？」

首を捻る俺に、今度はアスナが助け船を出してくれた。

「確か、ヤマウズラだったと思うわ」

「ヤマウズラ……それってノーマルウズラとどう違うの？」

「山にいるんじゃない、知らないけど」

「な、なるほど」

頷き、再びメニュー表に視線を戻す。ぎっしり並んだ名前は恐らく百種類にも及ぶだろうが、問題はそれらがどんな料理なのかさっぱり解らないことだ。パートリッジ・アンド・ビーンを頼んで、ヤマウズラの丸焼きに豆がしこたま詰め込まれた皿が出てきたら、いくら腹ぺこでも攻めあぐねてしまう。店員に訊こうにも、カウンター奥の厨房は無人だ。

どうしたものかと悩んでいると――。

「オイラ、ビーフ・アンド・ポテト」

「わたし、ラビット・アンド・ハーブ」

左側の女子二人が相次いで注文し、いずこからか「あーい」という声が返った。

びくっとしてしまってから、中腰でカウンターの向こう側を覗き込む。すると、左側の戸口から小柄な人影がとことこ歩いてきて、両手に持っていた丸いものを右側のオーブンに入れた。

このＮＰＣが店主なのだろうが、大きく膨らんだコック帽を目深に被り、真っ赤なスカーフを耳のあたりまで巻いているので男なのか女なのか、若いのか年寄りなのかも判然としない。一つだけ確かなのは、このまま注文しないと俺の晩メシはどれだけ待っても出てこないということだ。

「えーとえーと、じゃあ俺は、パートリッジ・アンド・パースニップ！」

どうせなら下の句も正体不明なやつにしてしまえ！　と半ばやぶれかぶれなオーダーを口にすると、シェフは再び「あーい」と答え、厨房左の暗がりへと消えた。すぐに謎の丸いものを持って出てきて、それもオーブンに放り込む。

いまだ料理の実像は謎のままだが、ほんの一分ほどで大変食欲をそそる香ばしい匂いが店内に漂い始め、俺はほっと胸をなで下ろした。少なくとも食えないものの匂いではなさそうだし、そもそもこの店を選んだのはアインクラッド最高の情報屋である《鼠》なのだ。

さらに一分後、シェフがオーブンから丸いものを二つ取り出した。素朴なウッドプレートに載せ、ナイフとフォーク、スプーンを添えてアスナとアルゴの前に並べる。

見るとそれは、こんがり焼けた丸パンだった。旨そう……ではあるが、ビーフやラビットはどこに行ってしまったのか。

しかしアスナには料理の仕掛けが解っていたようで、途惑う様子もなくパンの上部を掴んでパカッと持ち上げた。途端、ふわりと湯気が漂い、俺の口から「おお」という感嘆詞が漏れた。直径十五センチほどもある丸パンは中がくりぬかれ、そこに濃い茶色のシチューがたっぷりと詰められている。

「なるほど、そういう仕掛けか……」

呟く俺を、アスナがちらりと見て自慢そうに言った。

「お店の名前から想像できるでしょ」

「へ？　ポッツンポッツ……ってどういう意味？」

「ポットがいっぱい。これ、ポットシチューだよ」

「あ、あー、そういうことか……」

鼠め、先に言えよな！　と念じながらアスナの向こうを睨んだが、アルゴは早くも丸パンの蓋部分を中身のシチューに浸し、ばりばり囓っている。

危うくヨダレを垂らしそうになったその時、俺の眼前にもきつね色に焼けた丸パンが華麗に登場した。どうやら俺のを待っていてくれたらしいアスナと同時に「いただきます」を言い、蓋を持ち上げる。

　パンの中に入っていたのは、乳白色のシチューだった。アルゴの真似をして蓋を半分に割り、シチューに浸してから囓る。

旨い。現実世界で食べ慣れたクリームシチューの味に近いが、どこか野性的な香りと仄かな甘みがアクセントになっている。あっという間に蓋を食べ終え、右手にスプーンを握る。まず、パートリッジことヤマウズラの肉を頬張り、濃厚な滋味とほろほろした食感を堪能してから、謎の白っぽい具材をすくう。半円形の塊は、ジャガイモのようにもカブのようにも見える。

「……これがパースニップかな……」

ためつすがめつしながら呟くと、アスナが気の毒そうな顔で俺を見た。

「知らないで頼んだの？」

「うん」

「それ、トカゲの尻尾だよ」

「……えっ」

口に運ぼうとしていたスプーンを、反射的に遠ざけてしまう。もちろんここは仮想世界なのだから、俺が食べたヤマウズラの肉も、アスナのウサギ肉もアルゴのウシ肉もデジタルデータであって、それはトカゲ肉だろうと変わらないのだが……しかし気分の問題というものは厳然として存在する。

「……ウズラ・アンド・トカゲってどういう組み合わせだよ……」

思わずそう口走った途端、アスナとアルゴが揃って噴き出した。

「キー坊は担ぎ甲斐があるナー。そりゃ植物だヨ」

「えっ、本当？」

「うん、本当。日本語だとサトウニンジンとかアメリカボウフウって呼ぶわね」

しれっと答えるアスナを横目で睨んでから、俺は白い塊を口に入れた。さくっとした歯触りはニンジンに似ているが、独特な香りと甘みがある。個性的だが、嫌いな味ではない。

「なるほど、確かにサトウニンジンって感じだな」

呑み込んでからそうコメントすると、すかさずアスナが言った。

「正確にはセロリの仲間らしいけどね」

「………トカゲでなければ何でもいいよ」

と応じ、本格的に右手を動かし始める。二口、三口と食べ進めたところで、またしてもアルゴの声が聞こえた。

「お二人サン、良かったら交換しないカ？」

アスナと顔を見合わせてから、同時に賛意を示す。

最初に俺のポットシチューをアルゴの前まで移動させ、アルゴのシチューをアスナの前に、アスナのを俺の前にスライドさせる。これは確かラビット・アンド・ハーブ……つまりウサギ肉と香草だ。食べてみると、ヤマウズラより肉質がしっかりしているがクセはなく、数種類のハーブの刺激的な香りとよく合っている。

また三分の一食べてから、二度目のスライド。アルゴが注文したビーフ・アンド・ポテトは王道の旨さで、ごろっと大ぶりな肉とほくほくしたジャガイモの組み合わせが満足感を与えてくれた。パンの底まで食い尽くしてから、アスナに小声で訊ねる。

「なあ、これ、容れ物のパンも食っていいのかな？」

「いいんじゃない？　ナイフついてるし」

「あ、これ、パンを切る用か……」

納得し、波刃のナイフで空になった丸パンを両断。さらに細かく切り分けてから、シチューがほどよく染み込んだパンを齧る。

うまうまもぐもぐしていると、アスナが俺より手際よくパンを切りながら言った。

「キリト君はどのシチューが一位だった？」

「え……うーん、どれも旨かったけどな。ヤマウズラとトカゲ、じゃなくてサトウニンジンのやつは未体験の味だったし、ウサギとハーブは刺激的だったし、ビーフとポテトは安心の旨さだったし……でも強いて一位を決めるならウサギかなー」

「あら、そうなの？　なんで？」

「食感がいちばん好みだったかも」

「ふうん、なるほどね……」

何を納得したのか不明だが、こくりと頷くとアスナは綺麗な正方形に切ったパンをフォークで上品に齧った。

食事を終え、店の外に出ると、ウォルプータの街はすっかり夜景に変わっていた。ビーチのほうから吹き上げてくる心地いい風を深々と吸い込みながら、大きく伸びをする。

「はー、満足満足……アルゴ、いい店教えてくれてサンキューな」

「広場のすぐ裏にあるから、意外と気付かないダロ。情報料はタダにしといてやるヨ」

「そりゃどーも」

苦笑した途端、隣でアスナが「あっ！」と声を上げる。

「ど、どうしたんだよ」

「……アルゴさんに連絡したの、ご飯食べるためじゃなかったような気がするんだけど」

それを聞くや、俺と《鼠》も「あっ！」と叫んだ。

会計し、出てきてしまった《ポッツンポッツ》にまた入るのも間が抜けているし、いまから喫茶店などを探すのもまだるっこしい。そう判断した俺たちは、まず宿屋にチェックインすることにした。

ウォルプータの宿屋は、海に面した街の南側に集まっているが、最高級の宿はカジノの上階にある。しかしそこに泊まるにはコル貨幣ではなくカジノチップが必要だ。

俺たちは大階段をぶらぶら歩いて下り、衛兵に守られた豪華なゲートの前で右に曲がった。ここまでビーチに近づいてしまうと、高い石壁のせいで海も砂浜も見えない。

「……せっかくのビーチがカジノ客専用って、街の住民から不満は出ないのかしら」

アスナが口にした疑問に、一瞬「それはまあＮＰＣだし」と答えかけたが、俺はその言葉を呑み込んだ。

ダークエルフの騎士キズメルのみならず、六層で出逢ったミィアやセアーノ、ブーフルームといったＮＰＣたちも本物の人間と見分けられないほど高度な会話能力と感情表現力を備えていた。全てのＮＰＣがそうではないにせよ、ウォルプータにも同等のＡＩを与えられた住民は存在しているだろう。

できるなら、この層ではＮＰＣの死は見たくないな……と考えていると、アルゴがアスナの問いに答えた。

「ンー、不満には思ってるかもナ。この街は、あのでっかいカジノに支配されてるよーなモンだからナ」

「し、支配？　穏やかじゃないわね……」

「現実世界にも、企業城下町ってのがあったロ？　ウォルプータの経済はカジノ目当ての観光客で回ってるから、ビーチから閉め出されても、住民は文句言えないのサ」

その説明を聞いたアスナが、ちらりと左側の石塀を見上げる。

「……そう言われると、ビーチでのんきに遊ぶのが申し訳なくなってくるわね……」

「おっと、アーちゃんたちはビーチ目当てだったのカ。そりゃ悪いこと言っちゃったナ」

「ううん、教えてもらえてよかった」

と答えるアスナの横顔を見やりながら、俺は訊ねた。

「えーと……ビーチ、やめとく？」

「んーん、やめない」

意外にもそう即答すると、アスナは続けた。

「六層で、この世界はうわべの設定どおりに動いてるわけじゃないことがよく解ったから……。何でも自分の目で見て、耳で聞いてから考えることにしたの。せっかく説明してくれたアルゴさんには悪いけどね」

「ニシシ、謝ることないサ。オイラも常々、伝聞ネタは鵜呑みにしないよーに心がけてるしナ。っと……オススメの宿はそこダ」

前方に見えてきた四階建ての建物を指差してから、アルゴはにやっと笑って付け加えた。

「モチロン、泊まるかどうかはアーちゃんが自分の目で見てから決めてくれよナ」

4

アルゴ推薦の《アンバームーン・イン》という宿屋を、アスナは一目見ただけで気に入ったようだった。

すでにＤＫＢとＡＬＳが大挙移動してきているので、いい部屋が取れるかどうか不安だったのだが、どうやら彼らは宿屋の確保を後回しにしたか、カジノ併設の超高級ホテルに泊まるつもりらしく、まだ全ての部屋が空いていた。

アルゴもチェックインはこれからだというので、四階のプラチナスイートを三人で借りる。なかなかスリリングな値段だったが、割り勘すれば払えないというほどではない。当然ながら寝室も三つあるので、三層のダークエルフ野営地や六層のガレ城で発生したような、中二男子の対処能力を超えた状況には至らないだろう……たぶん。

エレベータはないので階段をスッタカ上って四階へ。パズルではなく普通の鍵で扉を開けたアスナが、部屋に一歩踏み込んだ途端に「すごーい！」と叫ぶ。

何が凄いのかは、俺にもすぐ解った。広いリビングルームの正面の壁が、アインクラッドではちょっと珍しい三連の大窓になっていて、街の南に広がる砂浜と海を一望できるのだ。

すでに太陽は沈んでしまっているが、ビーチには等間隔にかがり火が並び、外周開口部から差し込む月明かりが水面に青白い光の道を描き出している。部屋の内装はダークエルフの城に及ばないまでも、窓からの眺めは過去に泊まった部屋で一、二を争うだろう。

大窓に駆け寄り、豪華なナイトビューに見入るアスナの後ろ姿は、背景と込みで一枚の絵のようだ。思わずぼんやり眺めていると、右頬に視線を感じ、顔を動かす。

「……なにニヤニヤしてるんだよ」

「いーや、べつニ」

ニヒヒと笑ったアルゴは、フーデッドケープを除装すると、リビングの片隅にあるキッチンコーナーに歩いていった。現実世界なら冷蔵庫に冷えた飲み物が用意されているところだが、アインクラッドには熱交換器も氷結魔法も存在しない。コンロに着火すればお茶は沸かせるが、昼間ほどではないにせよまだまだミッドサマー感のある気温なので、熱いものはできれば遠慮したい。

「おーいアルゴ、俺そこの水でいいよ」

そう言いながら、自分で水を注ごうと俺もキッチンに近づいたが、アルゴは素早く水差しをひったくってしまった。

「まあ、オネーサンに任せとけヨ」

トレイに水差しとグラスを三つ載せ、リビングルーム中央のソファーセットへと移動する。やむなく後を追い、ローテーブルにグラスを並べるのを手伝ってから、ふかふかのソファーに

腰掛ける。

「アーちゃんも来なヨ、面白いゾ」

アルゴの呼びかけにようやく振り向いたアスナは、ぱちくりと瞬きしつつ歩み寄ってきた。俺の隣に座り、小首を傾げる。

「面白いって……なにが？」

「まあ見てなっテ」

アルゴは三つのグラスを水で満たすと、ストレージを開いた。オブジェクト化されたのは、薄青い木の実……いや、花のつぼみだろうか。直径二センチ弱の、一端がわずかに尖った球体。元ベータテスターの俺も過去に見た記憶はない。

アルゴは青いつぼみを、一つのグラスにそっと落下させた。

いったん沈んだつぼみが、ゆっくり浮き上がり始める。同時に、しゅうしゅう、ぱきぱきという音がかすかに響く。

細かい泡を発生させながら水面に戻ったつぼみが、ふわりと解けた。半ば透き通った水色の花弁が広がるにつれ、ぱきぱき音も少しずつ大きくなる。

五秒ほどかけて完全に開いた花は、美しいが奇妙な形をしていた。六角形の花びらが六方向に突き出し、真ん中の芯は正三角形が組み合わさった二十面ダイス型。見とれているあいだにも、徐々に透明度が増していく。植物というより氷細工のようだ。

「きれい……」

呟いたアスナが、不意に身を乗り出した。グラスを真上から覗き込んでから、「やっぱり」と嬉しそうに言う。

「何がやっぱりなんだよ?」

「キリト君も上から見てみて」

アスナと入れ替わりにグラスを覗いた途端、俺も「あっ」と声を上げてしまった。氷の花は、真上から見ると雪の結晶にそっくりだ。中腰になったまま、テーブルの反対側でにやにやしている情報屋に問いかける。

「アルゴ、これ何なんだよ?」

「驚くのはまだこれからだゼ。アーちゃん、飲んでみなヨ」

「う、うん……」

グラスに手を伸ばしたアスナは、指先が触れた途端に「つめたっ」と叫んだ。よく見ると、グラスの側面は極小の水滴で完全に曇っている。

アスナは改めてグラスを摑み、持ち上げた。意を決したように口をつけ、傾ける。水面の花が揺れてカランと涼しげな音を立てる。

最初に少しだけ味見すると、アスナはそのままごくごくと半分ほども飲み、見開いた両目で俺とアルゴを交互に見ながら叫んだ。

「冷たい！　美味しい！　冷たい！」

「ま、マジで？　俺にも……」

隣に手を伸ばしかけた俺に、アルゴが言った。

「ほれ、キー坊のぶんも作ったゾ」

見れば、いつの間にか他の二つのグラスにも氷の花が咲いている。アルゴが押しやってきたグラスを掴み、手が張り付きそうなほどの冷たさに驚きながら中身を口に流し込む。

まごう事なき氷水だ。少しだけミントに似た風味があるが、それも清涼感をいや増している。きんきんに冷えた液体が喉の奥へ滑り落ち、暑気に火照った体に染み込んでいく快感は筆舌に尽くし難い。

一息に三分の二以上も飲んでしまってから、俺は「はふ〜〜」と至福のため息を漏らした。アインクラッドで氷水を飲んだのは、四層のヨフェル城以来だ。あの時は雪が降るほどの寒さだったので有り難みを自覚できなかったが、真夏のような七層で飲む氷水は、高レベルの回復ポーションにも優る。

「……アルゴ、この花は何なんだ？」

再度訊ねると、《鼠》は自分の氷水を一口飲んでから言った。

「アイテム名は《スノーツリーの蕾》、効果は見てのとおりグラス一杯ぶんの水を冷やせて、それを飲み干すとバフが二種類つく」

「えっ、マジで」

「ウソ言うかヨ。ちなみに、氷の花が溶けちまう前に飲み切らないとつかないゾ」

「えっ、マジで」

同じ言葉を繰り返してからグラスを覗き込むと、確かに雪の結晶を模した花は開いた時より一回り小さくなっているようだ。

せっかくの氷水だし残りはちびちび飲みたいところだが、バフも気になる。意を決し、グラスに口をつけて大きく傾ける。

流れ込んでくる水の冷たさに陶然となりながら呑み下し、自分のＨＰバーを見ると、一秒後に小さなアイコンが二つ点灯した。一つは見慣れたＨＰ漸次回復アイコンだが、もう一つの、盾マークに小さな炎が重なったアイコンは——。

「あっ……これ、炎耐性バフか？」

「イエス」

二つの支援アイコンから、にやにやしているアルゴの顔に視線を移す。

「ちょっと待った、回復はともかく炎耐性はレアだろ。こんなとこで俺たちに飲ませちゃっていいのかよ？」

「気にすんナ、まだまだ持ってるからナ」

「ど、どこで手に入れたんだ？」

「さすがにそれはタダじゃ教えられないナー」

そんな殺生な！　と叫びたくなるが、目の前に座っているのは情報屋だ。むしろここまでの情報をタダで教えてくれたことに感謝するべきだろう。

「……お、おいくら？」

恐る恐る値段を訊くと、アルゴは両手でまだたっぷり残っている氷水のグラスを包んだままン〜〜〜と唸り声を上げた。

「そーだナー、普通にコルを請求してもいいケド……ここは労働で支払ってもらうかナ」

「ろ、ろうどう？」

隣のパートナーと顔を見合わせ……ようとしたが、アスナは飲み干したグラスの中に残っている氷の花をじっと見詰めたまま顔を上げようとしないので、再び正面を向く。

「労働って、何をすればいいんだ……？」

「そんなにビビんなヨ、オレっちがキー坊とアーちゃんに危ないことさせるはずないだロ？　ちょっと、一人じゃクリアが難しいクエを手伝ってほしいだけサ」

「クエスト……」

確かに、ソロプレイではクリア不可能なクエストがこのＳＡＯにも少なからず存在していて、ベータテスト時代は何度か悔しい思いをさせられたものだ。その場で臨時の仲間を募ればいいだけの話だが、それが簡単にできる人間なら、いまごろ二大ギルドのどちらかに所属しているだろう。

そう考えれば、対人コミュニケーションスキルの熟練度が俺の十倍は高いであろうアスナが一ヶ月もソロプレイを続けていたのは不思議だが、その理由の一つは攻略集団に於ける著しい男女比の不均衡だという気がする。デスゲーム開始から二ヶ月が経つ現在も、ＤＫＢとＡＬＳに女性プレイヤーは数えるほどしかいないのだ。能力に差があるわけではまったくないので、攻略集団の排他的な雰囲気が女性の参加を妨げているのだと思われる。それを変えていくには、やはり女性のリーダーが必要だ……。

刹那の想念を断ち切り、俺はアルゴの顔に視線の焦点を合わせた。

「この街でソロクリアできないクエストってことは、カジノがらみだろ？」

「ご明察……ってほどでもないカ、ウォルプータにカジノと無関係なクエなんかほとんどないんだからナ」

「うーん、まあ、手伝うのはいいけど……。六層の《スタキオンの呪い》みたいなクッソ長い連続クエだったら遠慮したいなあ」

「安心しろヨ、すぐ片付くやつサ……タブン」

怪しいもんだ、と思いながらもう一度隣に目を向けたが、アスナはまだ手元のグラスを凝視している。

「……あの、アスナさん？」

小声で呼びかけると、細剣使いはようやく顔を上げた。まず俺を、次いでアルゴを見やり、どこか恥ずかしそうに訊ねる。

「アルゴさん、このお花、食べても大丈夫？」

「あー、確かにウマそーだよナ。ドーゾドーゾ」

という返事を聞けば、俺も無視はできない。

グラスの底でちょうど一口サイズに溶けた氷の花は、口に入れて噛み砕くとパリンパリンと音を立てながら心地よく砕けた。爽やかなミントの風味を楽しんでから、空になったグラスをテーブルに戻す。

アスナと同時にごちそうさまを言い、アルゴの依頼を引き受けることを約束してから、俺はようやく本題に入った。

「で……、と。お前さんを呼び出したのは旨い晩飯のためでも、いい宿屋のためでもなくて、ALSとDKBが早々にこの街に来て、明るいうちから宴会なんかしてる理由を教えてほしいからなんだ」

「ンアー？　何かと思えばそんなことかヨ」

革張りのソファーにずずっと沈み込むアルゴを、俺は軽めに睨んだ。

「そんなことって、どう考えても妙だろ。ALSの連中だけなら解らなくもないけど、マジメ戦隊DKBまで大ジョッキで乾杯してたんだぞ」

「へー、そりゃオイラも見てみたかったナ。でもまあ、この街で宴会してたなら、その理由は一つしかないだロ」

平然と言い切ったアルゴは、一瞬だけ天井を見上げてから続けた。

「もったいぶるよーな情報じゃないカラ、代金はさっきの依頼とコミコミにしとくヨ。連中が乾杯してたのは、カジノで大勝ちしたからサ」

「「えっ」」

と、俺だけでなくアスナも驚きの声を漏らした。

「大勝ち……って、ウォルプータに来たその日に勝ったのか⁉」

「あの人たち、賭け事に勝ったから乾杯してたの⁉」

俺とアスナの驚きはやや方向性が異なっていたが、アルゴは気にする様子もなく頷いた。

「そうサ。オイラの想像ってワケじゃないぞ、何せ連中が大騒ぎするのを見てたからナ」

「いったい、何のゲームで勝ったんだ？　カードやダイスやルーレットじゃ、半日で大勝ちするのは無理だろ」

「……キリト君、やたら詳しいわね」

アスナのじとっとした視線を左頬で受け流し、アルゴの答えを待つ。

なぜかニヒッと笑ってから、情報屋は右手の指を一本立てた。

「オイラもカジノに入ってから知ったんだけどナ、あそこ、ベータ時代からあれこれ変更されてるゾ」

「……たとえば？」

「いちばんデカいのは、メインのアレが、昼と夜の二回開催（かいさい）になってたことだナ」

アスナには理解できないであろうその情報に、俺は小さく息を呑（の）んだ。

「………マジか……」

呟（つぶや）き、前のめりになっていた体を柔（やわ）らかい背もたれに沈（しず）める。途端（とたん）、隣（となり）のアスナに左腕（ひだりうで）を軽くつつかれる。

「ちょっと、アレって何なのよ？」

「あー……」

視線を宙に彷徨（さまよ）わせながら、俺はベータテストで剣一本以外の何もかもを失う要因となった賭（か）け事（ごと）の名を口にした。

「……《バトルアリーナ》……モンスター闘技場（とうぎじょう）だよ」

5

ローテーブルの上を片付けた俺たちは、スイートルーム備え付けの風呂で汗と埃を流した。もちろん一緒に入ったわけではなく、最初に俺、次にアスナとアルゴという順番だったが、俺が三分で済ませたのに対して二人は三十分以上もかかったので、待っているあいだに《瞑想》スキルの熟練度を一つ上げてしまった。

六層のガレ城で、ハンバーグお爺ちゃんことブーフルーム老人から伝授されたこのスキルも、まだ色々と謎が残ったままだ。《瞑想》そのものの効果はシンプルで、座禅のようなポーズを一定時間取り続けると、ＨＰ漸次回復バフとバッドステータス抵抗確率上昇バフを得られる。なかなか有用なようだが、熟練度がゼロだと六十秒も座禅を組む必要があるので、戦闘中にはとても使えない。

とは言え、《瞑想》の加護がなければガレ城を襲撃してきたフォールン・エルフ兵の麻痺毒つき投げ針に対抗できなかったので、今後も彼らと、そして同じ武器を使うＰＫ集団と戦っていくためには必須のスキルと言えよう。それはいいのだが、問題は《瞑想》のスキルＭｏｄである《覚醒》のほうだ。

各スキルの熟練度を規定値まで上げるたびに獲得できるスキルＭｏｄ、すなわち付加効果は、普通は非常に解りやすい。武器スキルなら《ソードスキル冷却時間短縮》や《クリティカル率上昇》、《索敵》スキルなら《同時索敵数上昇》や《索敵距離上昇》といった具合で、Ｍｏｄの説明文を読む必要すらないほどだ。

しかし《覚醒》Ｍｏｄは名前からは効果がさっぱり摑めず、説明文も【極限まで精神を集中させ、秘められた力を引き出す】としか書いていない。こんな謎Ｍｏｄのために貴重なスキルスロットを一つ使うのはいかがなものか——と思わずにいられないが、《覚醒》は《瞑想》の熟練度が５００に到達しないと獲得できないＭｏｄなので、一度スロットから消してしまったら永久に取り戻せないだろう。

《覚醒》の効果に、思い当たるところがないわけではない。

六層のフロアボス《ジ・イレーショナル・キューブ》との激闘の最終幕に突如正体を現した、ＰＫ集団の一員バクサム。奴は瀕死のボスの背中から、《分解》と《結合》の呪力を持つ黄金キューブを抜き取り、ボス部屋にいた自分以外の全員を硬直させた。

バクサムがミィアの母親セアーノを殺そうとするのを見て、俺は脳神経が焼き切れるほどの強さで「動け」と念じ……そして、確かに見たのだ。不動化デバフのアイコンの隣に、《瞑想》のバフアイコンと似て非なるアイコンが出現するのを。

座禅を組む人間の背後に金色の光輪が描かれたそのアイコンが点灯した瞬間、不動化デバフが解除され、突進した俺はソードスキルではなく単なる通常技の一撃でバクサムの長剣と左腕を切断した。残念ながらバクサムには逃げられてしまったが、あそこでデバフを破れなければ、ミィアとセアーノのみならず俺とアスナも殺されていただろう。

あれが《覚醒》Ｍｏｄの効果だったのか？　俺は「極限まで精神を集中」し、「秘められた力を引き出」して、黄金キューブの呪縛を破った？

しかし、アインクラッドはあくまでナーヴギアによって生成されたVRワールドだ。奇跡も魔法も本当の意味では存在しないこの世界で、どうやって《集中力》などという定量化不能な代物を計測したのか。茅場晶彦が開発したナーヴギアは、アバターを操作するための運動命令だけでなく、思念まで読み取っているとでもいうのだろうか。

謎と言えばバクサムの正体も不明のままだ。鼻から上が完全に隠れるサレットタイプの兜を装備していたので顔は視認できなかったものの、以前からDKBに潜入していたなら、ギルドメンバーには顔を見られたこともあったはず。奴に関してはDKBとALSが六層ボス部屋で緊急ミーティングを開いたはずだが、考えてみれば俺はその顛末もまだ聞いていない。あとでDKBのシヴァタあたりに確認しておかないと……と考えていると、ようやく浴室からアスナたちが出てきた。

アスナは袖が膨らんだミニワンピースに膝下までのレギンス、アルゴはざっくりしたノースリーブシャツにショートパンツという見慣れない格好なので、思わずぽけーっと眺めてしまう。途端、アルゴが最大級のにやにや笑いを浮かべる。

「なんだキー坊、オネーサンの脚線美に見とれちゃったカ？」

「み、見とれてねーし！」

と小学校低学年なみの台詞で言い返すと、俺はそっぽを向きながら付け加えた。

「単に、涼しそうでいいなーって思っただけだし」

「だったらキリト君ももう少し夏っぽい格好すれば？」

すかさずアスナにそう言われてしまったので、自分の体を見下ろす。

ロングコートとブレストプレートは除装しているので、黒の長袖シャツと黒のロングパンツだけだ。確かに夏っぽいとは到底言えないが、《スキンタイト・シャツ》は生地が薄手だし、《トラウザーズ・オブ・シャドウスレッド》はレアドロップ品だけあって防御力が高いわりに通気性がいい。それに、そもそも――

「……これ以上脱いだらパンイチになっちゃうし」

途端、アスナがぎゅいっと眉をつり上げた。

「誰も脱げなんて言ってないでしょ！　着替えればって言ってるの！」

「えぇ～、余分な服なんか持ってないよ……」

それを聞いたアスナとアルゴが顔を見合わせ、これだから男子は……と言いたげなため息をついた。

幸いさらなる追及は行われなかったので、俺たちは四階から一階までてくてく下りて宿屋の外に出た。

夜八時過ぎ。いつもなら《攻略・夜の部》が始まるタイミングだが、今日はもう圏外に出る予定はない。剣もいらないだろうと思うが、念のためにメイン武器ではなくストレージの奥に放置されていたショートソードを、背中ではなく左腰に装備しておく。

トロピカルな香りが漂う海岸通りをのんびり歩き、ウォルプータに三つある階段道路の一つ、通称《西階段》を上っていく。横幅は大階段の半分ほどだが、どこか怪しげな道具屋や酒場が店を構えていて、いかにも《RPGの裏通り》といった雰囲気がある。

クエストの開始点もいくつか用意されていたと記憶しているが、今夜のところはスルーして磨り減った階段を上っていく。やがて前方に、ひときわ明るくライトアップされた巨大な建物が見えてくる。

紺青のドーム屋根と、夜空を貫く尖塔。そのてっぺんで翻る、赤と黒に染め分けられた三角の旗。あれこそが、歓喜と絶望渦巻く《ウォルプータ・グランドカジノ》だ。

ふと、もう大して暑くないのに、両手に薄く汗が滲んでいることに気付く。「この俺が……ビビっているだと……？」とでも呟いておきたいところだが、女性二人に聞かれたら怪しまれるか呆れられるかのどちらかなので我慢する。

西階段からカジノ前の広場に入ると、雰囲気ががらりと変わった。街の中央にある噴水広場よりはやや狭いが、地面は艶のあるタイルで複雑なモザイク装飾が施され、それを取り囲む店も格調高い。しかしやはり圧倒的なのは、広場の西側に屹立するカジノの偉容だ。かがり火に照らされた純白の壁と、精緻な彫刻が施された円柱は、王族が住まう城のようだ。

いや、あれは実際にウォルプータの王城なのだろう。顔も名前も知らないが、グランドカジノを所有する人物が事実上この街を支配しているのだから。

開け放たれた正面入り口の両側には完全武装の衛兵が控え、煌々と輝く建物内からは軽やかな弦楽と楽しげな喧噪が漏れ出してくる。建物に入っていくNPCたちは皆きらびやかに着飾っていて、それを見たアスナがすすっと近づいてきて囁いた。

「ねえ、あのカジノって、ドレスコードとかないの？」

「ドレスコード……？」

一瞬、装備アイテムが貰えるDLCコードか何かかと思ってしまってから、ようやく服装の規定のことだと気付く。

「いや、ないない」

顔と右手を同時に振ると、俺は続けた。

「さすがにパンイチは止められるかもだけど、初期装備だろうがぼろぼろのローブだろうが、全身プレートアーマーだろうが大丈夫だよ。だいたい、DKBとALSのむくつけき男どもが正装なんて持ってると思うか？」

「……それもそうね」

納得したようにアスナが頷いた途端、まるで俺たちの会話が召喚の呪文だったかのように、広場の反対側から聞き覚えのある関西弁が届いてきた。

「よっしゃ、夜もバチッと勝って、あのゴッツイ剣手に入れるでぇ！」

その宣言に、「おぉ！」「うっしゃ！」といった胴間声が重なる。俺たちはすすっと後退し、近くの店の軒下に隠れてから、声が聞こえてきた方向、広場の東側を見た。

メインストリートの真ん中を歩いてくるのは、深緑と黒金色の装備を身につけた十人ほどのプレイヤーたち。先頭を歩く男のトゲトゲ頭を見るまでもなく、ＡＬＳの幹部たちだと解る。どうやらギルド全員での宴会はいったんお開きにして、中核メンバーだけで夜のカジノに繰り出してきたらしい。

キバオウたちは、こちらに気付く様子もなく広場をのっしのっしと横切り、グランドカジノに突入していった。恐らく、夜九時に再び開催されるバトルアリーナで、大勝負に出るつもりなのだろう。

「……ゴッツイ剣って何のことだ？」

ベータ時代の知識と照らし合わせても思い当たるものがないので、俺はアルゴに問いかけた。しかし情報屋は肩をすくめ、「自分の目で確かめろヨ」と囁き返してくる。

「解ったよ……じゃあ、俺たちも行くか」

そう言って壁から離れようとした時、アスナがぐいっと俺を押し戻した。何だよ、と言うより早く、またしても大人数の足音が聞こえてくる。

ＡＬＳメンたちとまったく同じコースで歩いてくるのは、濃紺と白銀色で統一した装備の、やはり十人ばかりの男たち。先頭を歩くのは《書道部員》ことリンド、その右に《陸上部員》シヴァタ、左には《サッカー部員》ハフナー。もう一つの攻略ギルドＤＫＢだ。三人の二つ名は俺が心の中で勝手に呼んでいるだけだが、こちらも《ブラッキーさん》を甘受しているのでそろそろ攻略集団にそれとなく浸透させていきたいところだ。

などと考えるあいだにも、リンドたちは広場をすたすた横切ってグランドカジノへと消えていった。彼らの目的がキバオウと同じくバトルアリーナ夜の部であることは、もはや疑いようもない。

「……いったい、あいつらアリーナの昼の部でチップ何枚くらい勝ったんだ……？」

独り言のつもりで呟くと、今度はアルゴが答えてくれた。

「いちおうチェックしといたケド、どっちも千枚以上勝ったっぽいゾ」

「せ……」

千枚だとう⁉　と叫びそうになり、寸前で口を閉じる。ごくんと喉を動かしてから、小声で唸る。

「そんなに勝ったなら、もうアガリでいいだろ……。確か、最高枚数の賞品がチップ千枚じゃなかったか？」

「それに、ビーチの通行証も貰えるわよね」

アスナが少々羨ましそうに付け加えると、アルゴは俺たちの顔を交互に見ながらニンマリと口角を上げた。

「残念ながら情報が古いナ、お二人サン。ビーチの通行証が貰えるＶＩＰ待遇には、チップを三万枚稼がないとなれないっぽいゾ」

「……さ、さんま……」

唖然とするアスナから、俺へと視線を移してアルゴは新たな爆弾を投下した。

「んデ、最高枚数の賞品もアップデートされてたヨ。必要なチップは、なんと十万枚ダ」

「……じゅ、じゅうま……」

俺も呆然と呟く。ベータテストで、俺は千枚のチップを稼ぐべく大勝負に出て破滅したのだ。十万枚はその百倍……カジノチップは一枚百コル換算なのだから、実に一千万コルに相当する額となる。

「一千万てことは、十Ｍコルかよ……七層でメガ単位のアイテムなんか出てきていいのか？　つーかリンキバは、チップ千枚を十万枚にする気なのか？」

頭がくらくらする感覚に耐えながらそう呟くと、アルゴは板についた動きで両手をひょいと持ち上げた。

「する気なんだロ。まあ、あいつら昼間の闘技場で百枚を千枚にしたからナ」

「つってもたった十倍じゃないか……。千枚から十万枚は百倍だぞ」

「百倍は十倍の十倍だロ」

などと実のないやり取りをしていると、しばらく黙っていたアスナが両手を顔の前で交差させ、さっと左右に広げた。

「なしなし！　ビーチで半日遊ぶのにチップ三万枚、三百万コルなんて有り得ないでしょ！　いえ二人だから六百万コル、アルゴさんも入れたら九百万コルよ！　そんなにお金があったら、ビーチ沿いの家を一軒まるごと買えちゃうわ！」

「……正確には海じゃなくて湖だけどな」

「どっちでもいいってば！　ともかく、カジノ遊びなんてやめやめ！　さっさと次の町に行くわよ！」

そう言い切るや歩き出そうとするアスナの、ふんわり膨らんだ袖を急いで摘まむ。

「ま、待った待った。賭けはしなくてもいいけど、アルゴの依頼はクリアしないと」

「…………あ」

立ち止まるアスナに、アルゴもニヤッと笑いかけた。

「《スノーツリーの蕾》の取り方、知りたいんだロ、アーちゃん？」

「…………うー」

少々長めに唸ってから、アスナはアルゴに向き直った。

「それで、何をすればいいの？」

説明は中でするヨ、とだけ答えてアルゴが歩き始めたので、俺とアスナもぴこぴこ揺れる巻き毛を追いかけた。

モザイクタイル貼りの広場を斜めに横切り、ウォルプータ・グランドカジノの正面入り口へ。現実世界の超高級ホテルを思わせる総大理石のファサードも、両脇に立つ衛兵の磨き込まれた全身鎧も、ベータ時代より数段グレードアップしている。

しかしアルゴは気後れする様子もなく、革サンダルをぺたぺた鳴らしながら突入していく。後に続くと、まずひんやりとした快適な空気が、次に軽やかな弦楽と甘い花の香りが俺たちを出迎える。

巨大なシャンデリアに照らされたエントランスホールは目が眩むほど明るく、いったい毎晩どれだけの油と蠟燭を消費しているのか気になってしまうが、仮想世界では無用の心配というものだ。八角形のホール中央には噴水広場にあったのと同じ鳥頭の女神像が据えられていて、その奥にはプレイルームに繋がる三連の巨大扉があり、右の壁際には上り階段、左の壁際には下り階段が見える。下り階段は通行自由だが、上り階段は赤いロープと黒服のＮＰＣによって封鎖されている。弦楽器の重奏は、どうやら上階から聞こえてきているようだ。

「……上には何があるの？」

というアスナの問いには、アルゴが答えた。

「ベータテストと同じなら、二階はＶＩＰ専用の高額プレイルーム、三階は高級ホテルだナ。四階はオレっちも知らなイ。キー坊は？」

「知らない」

かぶりを振ると、アスナが軽く肩を上下させた。

「まあ、ギャンブルはしないんだから関係ないわね。……それで、アルゴさんがわたしたちに手伝ってほしいクエストって、どこで受けられるの？」

「そう急ぐなヨ、アーちゃん。賭けないにしても、雰囲気くらいは楽しもうゼ」

ニッと笑ったアルゴが、再びすたすた歩き始める。女神像を迂回し、奥の三連ドアへ。開け放たれたままのドアを通った途端、上品な弦楽が背後に遠ざかり、熱気に満ちた喧噪が押し寄せてきた。

学校の体育館くらいありそうなプレイルームは、数え切れないほどのゲーム台と、賭け事を楽しむ客でひしめいている。全体は背後のエントランスホールを囲むコの字型になっていて、右側にルーレット、左側にダイスゲーム、そしていちばん広い正面部分にカードゲーム。この並びはベータ時代から変わっていない。

広間の中央には、コルをカジノチップに換えるための両替カウンターと、チップをアイテムに引き替える交換カウンター、飲み物や軽食を注文できるバーカウンター二つが、巨大な柱を囲んで正方形に配置されている。俺は隣でぼーっと立ち尽くしている暫定パートナーに呼びかけた。

「なあ、ちょっとだけ景品見に行ってみようぜ。チップ十万枚でどんなアイテムが貰えるのか気になるだろ？」

すると、アスナは数回瞬きしてから警戒感も露わに答えた。

「気になるけど、欲しいから賭けるとか言い出さないでよね」

「言わない言わない。ほら、行こうぜ」

アスナの背中を押し、四面カウンターを目指す。アルゴもにやにやしながらついてくる。

歩きながらプレイルームの左右に視線を走らせるが、ゲームに興じているのはほとんど――いや全てがＮＰＣで、プレイヤーの緑カーソルは一つも見当たらない。もしここが主街区なら、下層から数多のプレイヤーが一攫千金を夢見て転移門経由で殺到したはずだが、レクシオからウォルプータまでの移動にはそれなりの危険が伴う。初日に到達できるのは攻略集団に加わっているギルドくらいのものだ。

とそこまで考えてから、プレイルームにはＤＫＢとＡＬＳの姿もないことにやっと気付く。つまり彼らはエントランスホールから地下一階に直行したのだろう。現在時刻は八時三十分。いまならまだ《夜の部》に充分間に合う。

いやいやだめだめ、と口の中で唱えて誘惑を断ち切る。正面の両替カウンターを右に迂回し、バーカウンターも素通りして、裏側の交換カウンターへ。

黒ベスト姿の女性NPCたちの後方には、横幅三メートルはありそうな大理石の柱がそびえ、そこに豪華な陳列ケースが据え付けられている。並んでいるアイテムの種類は、ベータ時代の五倍はあるだろう。

最下段にはチップ数枚から交換できるポーション等の消費アイテム、その上の段には実用的な道具類、その上には色とりどりのアクセサリー類や小型の装備アイテム、そして最上段にはシャンデリアの光を受けてまぶしいほどに煌めく一振りの長剣。

幅広の刀身は鏡のような銀色で、鎬部分に黄金が埋め込まれている。鍔も黄金、握りは赤革、柄頭には巨大な宝石。

「うっわ、派手な剣……」

というアスナの呟きには同意するしかないが、問題はスペックだ。あの剣がチップ十万枚、すなわち一千万コル相当の代物なら、どれほどの攻撃力を与えられているのか想像もつかない。

俺は交換カウンターに二歩近づき、つま先立ちになって剣を凝視した。しかし、アイテムのプロパティ窓を出すには指によるタップが必要で、俺の身長の二倍ほどの高さに展示されている剣には絶対に届かない。

闇雲に踵を上げたり下げたりしていると、後ろからアルゴの呆れたような声が聞こえた。

「あのなキー坊、カウンターで交換アイテムのパンフレット貰えるぞ」

「そ、それを先に言えよ」

気恥ずかしさを咳払いで誤魔化し、さらに二歩前進して交換カウンターの前へ。上品なスマイルを向けてくるＮＰＣのお姉さんに「景品のパンフレットください！」と頼むと、お姉さんは俺のラフな格好を気にする様子もなく、カウンターの内側から丸めた羊皮紙を取り出した。

「こちらをどうぞ」

「ありがとう」

礼を言って受け取り、脇に移動してから急いで開く。右側からアスナも覗き込んでくる。

パンフレットは、精緻なカラーイラストつきの本格的なものだった。この世界には印刷技術など存在しないのだから、理屈から言えばこのイラストは一枚一枚画家が手描きしたということになるのだが、そこはゲーム世界の方便というやつだろう。

イラストの下にある景品の名前は全てアルファベット表記だが、幸い説明文は日本語だった。ポーションや道具、アクセサリー類は後回しにして、羊皮紙を最後まで開くと、金銀宝石剣のイラストが姿を現す。

下部に添えられているアイテム名は【Ｓｗｏｒｄ　ｏｆ　Ｖｏｌｕｐｔａ】。恐らくこれで《ソード・オブ・ウォルプータ》と読むのだろう。その右側には【１０００００ＶＣ】とある。ＶＣは確か、グランドカジノで使われているチップの正式名称《ウォルコイン》を表す記号。

アルゴの話を疑っていたわけではないが、実際に十万という数字を見せられると頭がくらくらしてくる。

軽く頭を振り、肝心の説明文を読む。曰く——。

【水竜ザリエガを退治し、ウォルプータを築いた英雄ファルハリの剣。持つ者の傷を癒やし、あらゆる毒を浄め、振れば必ず会心の攻撃となる】

「……う、う〜〜〜ん」

と俺が唸ったのと同時に、アスナも「んん〜〜……」という声を漏らした。

「これじゃ、性能がよく解らないわね。なんだか凄そうではあるけど、ちゃんとしたスペック表記を見てみないと……」

呟くパートナーに、カウンター方向を指差してみせる。

「アスナ、俺が肩車するから、あの剣をタップしてみないか？」

「絶対しない」

すげなく拒否されてしまったが、恐らくカウンターの内側に入り込んだ時点で屈強な黒服が飛んでくるだろう。人差し指を引っ込め、説明文に目を戻す。

「……これだけじゃ攻撃力の数値とか強化試行回数とかは解らないけど、でも付加効果が文章どおりなら一千万コルってのも納得かもな。つまり、装備すればＨＰ自動回復、ダメージ毒も麻痺毒も無効、攻撃が全部クリティカルになるってことだろ？」

自分の口で言葉にすることで、ようやく《ソード・オブ・ウォルプータ》の七層あたりでは存在してはいけないほどのぶっ壊れ性能が実感できて、俺は陳列ケースの最上段で煌めく長剣をもう一度見上げた。

華美極まるデザインは正直好みではないが、いまの状況では武器の外見など二の次三の次だ。自分の、そしてパートナーの生存率が上がるなら、あの百倍下品な剣でも装備してみせる。

などと心の中で決意してみたものの、そもそも物理的にも価格的にも手が届く代物ではない。いまの我が全財産をチップに両替してもわずか九百枚、それを十万枚にするにはルーレットで二倍の赤黒賭けを七回連続で当てなくてはならない。確率で言えば──

「……アスナさん、〇・五の七乗っていくつ？」

「え？　えーと……〇・〇〇七八ほにゃほにゃとかじゃない？」

「ありがとう。つまり約〇・八パーセントってことか……」

呟いた俺の顔を、細剣使いは二秒ほど怪訝そうに眺めてから、きゅっと眉を逆立てた。

「あっ、いまの、倍々賭けに七連続で勝つ確率でしょ！」

「おお、よくお解りで」

「解るわよ、ていうか無理に決まってるでしょ〇・八パーセントなんて！」

「か、考えるだけならいいじゃないか」

「その次は百コル賭けるだけなら、ってなるのよ！」

　早口の言い合いに、クックッと押し殺した笑い声が重なった。

　振り向くと、《鼠》が両頬のヒゲペイントを小刻みに震わせている。体を右に左に捩りつつ、五秒以上も笑い続けてから、ようやく顔を上げる。

「いやァ……お二人サンを見てると飽きないヨ。頼むから、そのままコンビを組み続けてくれよナ」

「まあ……解散する予定はないけど……」

　照れ隠しの仏頂面でそう答えると、アスナがすかさず付け加えた。

「誰かさんがカジノで破産しない限りはね」

　俺の理性が保たれているうちにプレイルームを離脱し、エントランスホールに戻ると、時刻は八時四十分になっていた。

　誘惑を断ち切るべく、右手に握ったままだったパンフレットをストレージに放り込み、アルゴを見る。

「……で、お前の依頼って？」

「あー、そーだったそーだッタ」

　パチンと指を鳴らしたアルゴが、メニューウインドウを凄まじい速さで操作する。飛んできたパーティー申請を俺とアスナが受諾すると、視界左上に三本目のＨＰバーが出現する。

「これでクエが共有されるはずダ。こっちだヨ」

そう言って歩き始めた先にあるのは、地下一階へと続く下り階段。そっちはヤバイよ……と思うものの依頼人には従うしかない。

深紅の絨毯が敷かれた階段は、八角形の内壁に沿って四分の三周し、地下一階のホールへと俺たちを導いた。

このホールの中央にも石像が置かれているが、こちらは鳥頭の女神ではなく、ライオン頭の筋骨隆々とした戦士がトカゲ頭の戦士を踏みしだいている。石像の奥には一階と同じ三連扉があるが、中は薄暗い。

——結局、またここに来てしまったか。

そんな台詞を頭の中で呟きながら、俺はアルゴに続いて《バトルアリーナ》ことモンスター闘技場の扉をくぐった。

かすかに聞こえていた弦楽が、興奮を帯びたざわめきに掻き消される。上階のプレイルームとはまったく異質な熱気に満たされた横長の広間は、すり鉢状に掘り下げられた構造になっていて、一番奥に金色の檻に囲まれたステージが見える。

広間の右手と左手には立食用テーブルが並んだダイニングバーがあり、その一角にチケット購入用カウンターも設けられている。ステージの周辺と二つのダイニングバーには、合わせて五十人以上の客がいるが、暗いので顔までは見えない。やむなくシルエット一つ一つに視線をフォーカスさせ、カラーカーソルを確認していくと——。

「……あ、いた、ＡＬＳだ」

俺が低い声でそう言ったのと同時に、隣を歩くアスナも囁いた。

「ＤＫＢ発見」

互いに視線で位置を教え合う。ＡＬＳは広間右側、ＤＫＢは左側のダイニングバーに陣取り、どちらもテーブルに広げた大判の紙を見下ろして熱心に話し込んでいるようだ。

「……何を見てるのかしら」

「あれはオッズ表だな。これからステージで戦うモンスターの名前と簡単な解説、あと掛け金の倍率が載ってるんだ。チケットカウンターで、タダで貰えるぞ」

「いりません」

アスナのじとっとした視線を、斜めの角度で受け流す。

「で、ですよねー。それはそうと……おいアルゴ、クエストＮＰＣってどこにいるんだよ？　クエマーク、見当たらないぞ」

俺たちはパーティーを組んでいるので、すでにアルゴが受注済みのクエストでも、該当ＮＰＣの頭上には進行中であることを示す《！》マークが表示されるはずだ。しかしアリーナ中を見回しても、それらしいものは発見できない。

「そりゃそーだロ、クエＮＰＣは別の場所にいるからナ」

振り向いたアルゴがそんなことを言うので、俺は「はあ？」と声を上げてしまった。

「じゃあ、ここには何しにきたんだ？」

「決まってるだロ、《お使い》だヨ」

「…………」

原則として、SAOのクエストは四種類に大別される。主に素材系アイテムを圏外で集める収集系、特定のモンスターを倒す討伐系、NPCをどこかに送り届ける護衛系、そしてバリエーション豊かなお使い系。お使いクエストの定番はその名のとおり何かを届ける、または何かを受け取ってくる内容だが、そのタイプならアリーナのどこかに届け先か預かり先のNPCがいるはずだ。それがいないということは——。

「……捜索か、調査？」

俺の問いに、アルゴは歩きながら「正解」と応じた。思わず小声で「うへぇ……」と呟いてしまう。

捜索クエストと調査クエストは、お使い系の中でもやっかいな部類だ。思い返してみれば、六層で東奔西走させられた《スタキオンの呪い》クエストも、黄金のキューブを見つけてくれという捜索依頼から始まって、あれこれイレギュラーな介入があったにせよ、最終的にフロアボス討伐戦まで続いたのだった。似たような大長編クエストじゃありませんようにと——という希望を込めて、さらに訊ねる。

「このフロアで落とし物を捜すとか？」

「違うヨ」

「じゃあ人捜し？」

「違うヨ」

ずばずば否定しながら、アルゴはすり鉢状のフロアを貫く階段を下りていく。やがて最下段に到達すると、檻に囲まれたステージ、通称《バトルケージ》を囲むNPCの輪に割り込み、真正面に陣取る。

上流階級のNPCは、上の段に設置された有料のソファー席か、左右のダイニングバーから観戦しているので、バトルケージの周りにはややガラの悪い男たちしかいない。「なんだよ」「割り込むんじゃねえ」というような声が聞こえたが、アルゴは気にする様子もなく黄金の檻に寄りかかり、俺とアスナを見た。

「第一試合まであと十分カ。んじゃ、手伝ってほしいことを説明するゾ」

ちょいちょいと手招きされ、アルゴの顔に左耳を近づける。アスナは右耳を近づけたので、必然的に至近距離で顔を向け合うことになったが、いまさら姿勢を変えるわけにもいかない。幸いアスナは気にしていないようなので、俺もポーカーフェイスでアルゴの説明を聞く。

「これから、この檻の中で二匹のモンスターが戦ウ」

「うん」

「オイラの依頼人が言うには、その片方が何かインチキをしてるらしイ」

「はあ？」

やや大きめな声を出してしまった途端、アルゴとアスナが素早く俺の口に人差し指を突きつける。脳内のボリュームつまみを左に回し、続ける。

「インチキって言っても……戦うのは人間じゃなくてモンスターだぞ。インチキできるほどの知性があるのか……？」

「コボルドとかシュルーマンとかならあるんじゃない？」

アスナの指摘に、俺は肩をすくめた。

「ベータから変わってなければ、この闘技場に亜人系モンスターは出てこないんだ。たぶん、悪趣味感が強すぎるからだと思うけど……」

「昼の部には出てなかったナ」

軽く頷いたアルゴが、いつの間に用意したのか、ショートパンツのポケットから折り畳んだ羊皮紙を取り出す。広げたそれは、チケットカウンターで配布されているオッズ表だ。

「ほれ、ここに第一試合の組み合わせが載ってる」

受け取った羊皮紙を、アスナと頭をくっつけ合うようにして覗き込む。アルゴが示す場所にカタカナで書かれている名前は、《バウンシー・スレーター》と《ラスティー・リカオン》。オッズは前者が一・六四、後者が二・三九。

「……あれ？　こういう賭けの倍率って、お客がどっちにいくら賭けたかで決まるんじゃないの？」

アスナが怪訝そうに囁く。確かにそのとおりだが、このオッズ表にはひとつ不思議な仕掛けが施されている。

「数字を見ててみ」

俺が囁き返した途端、羊皮紙に黒々と記された数字が生き物のように動き、前者のオッズが一・六二、後者が二・四〇に変化した。

「わ、変わった」

「……ってわけ。キズメルが見たら『人族のおかしなまじない』だって言うだろうな」

俺がダークエルフ騎士の名前を出した途端、アスナが心配そうに睫毛を伏せた。だがすぐに表情を戻し、頷く。

「なるほど、自動的にいまのオッズを表示する仕掛けってわけね。つまり……第一試合では、こっちの《バウンシー・スレーター》が勝つだろうと予想してるお客さんのほうが多いってこと？」

「そうとも限らない。オッズはあくまで賭けられた金額で決まるから、少数の客が大金を賭ければ、そっちのオッズが下がる」

「そっか……。ていうか、リカオンは犬っぽいやつだろうけど、バウンシー・スレーターってどんなモンスターなの？」

　という質問に、俺より早くアルゴが答えた。

「バウンシーは《よく弾む》、スレーターは《ダンゴムシ》だヨ」

「ダンゴムシ……」

　あからさまな渋面を作るアスナに代わって、俺が訊ねる。

「アルゴの依頼人が疑ってるのは、ダンゴムシとリカオンのどっちなんだ？」

「リカオン」

「……つまり依頼は、そのインチキの仕掛けを見破れってことか？」

「ご名答」

　情報屋が頷いた直後、後方でドジャーン！　という銅鑼の音が鳴り響いた。続いて、威勢のいいアナウンス。

「レディース・アンド・ジェントルメエェ――ン！　ウォルプータ・グランドカジノが誇る、バトルアリーナへようこそォ――！」

　振り向くと、ケージがあるフロアから一段上がったところに設けられたブースで、白シャツに真っ赤な蝶ネクタイを締めたＮＰＣがスポットライトを浴びている。もちろん電灯ではなく反射鏡と大型ランタンを組み合わせた原始的な代物だが、何らかのまじないが働いているのか仮想世界なりのウソなのか、十二分に明るい。

場内の拍手が一段落すると、マイクもないのにアリーナの隅々まで届く声でNPCは案内を続けた。

「夜の部の第一試合は間もなく開始されまァーす！　チケット購入は五分後に締め切られますので、奮ってご参加くださァーい！」

それを聞いて、数人の客――と言ってもNPCだが――がチケットカウンターに走っていく。ダイニングバーに陣取るALSとDKBは、すでに買っているのか動かない。

「……あいつら、昼の部で勝ったチップ千枚、全額賭けたのかな……」

半信半疑で呟くと、アルゴがひょいと肩をすくめた。

「賭けたんじゃないカ？　今夜中に千枚を十万枚にしようと思ったラ、夜の部の五試合全部に全額賭け続けないと届かないゾ」

「えーと……」

手に持ったままのオッズ表を見る。第一試合の倍率はまた少し動いて一・六一対二・四一。第二、第三、第四、第五試合も高くて二倍から三倍といったところだが、それでも五回連続で勝てば確かに千枚が十万枚になり得る。

だが、その考えこそが罠なのだ。俺もベータ時代のまさにこの場所で四回連続で当て、あと一回勝てば最上級の景品に手が届くというところで……。

悲しい記憶をため息で吹き払い、アルゴにニヤッと笑いかける。

「イカサマ情報があるなら、俺たちもリカオンのほうに賭けとけばよかったな」

「おいやめロ、クエスト進行中にモンバトのチケット買うとクエ失敗になるんだヨ」

ぷるぷる頭を左右に動かすと、情報屋は真剣な顔で俺とアスナを見た。

「たぶんこのクエは一回失敗するとやり直せないやつダ。でも、オレっち一人じゃインチキのネタを見破れる自信がナイ。キー坊、アーちゃん、よろしく頼むゼ」

「うん、任せて！」

アスナが歯切れ良く請け合うので、俺も「ま、任して」と応じた。

直後、再び銅鑼が打ち鳴らされ、ホールがいっそう暗くなった。

人力で操作されるスポットライトが、黄金の檻を照らし出す。俺たちを含む会場内の全員が、無言でケージを凝視する。

長方形のケージは短辺四メートル、長辺十メートルというかなりの大型サイズで、三面が檻、奥の壁と床は石。天井も金属板で塞がれ、中央が可動式の柵で隔てられている。ベータ時代は戦うモンスターが右端と左端に湧出する仕組みで、ちょこっと手抜きだな……と思った記憶があるのだが、正式サービスではそこも改修してきたらしい。

ゴゴゴ……と重い音を響かせながら、石壁の二箇所が奥に引っ込み、次いで上に持ち上がっていく。同時に、蝶ネクタイNPCのアナウンスが響く。

「それでは！　バトルアリーナ夜の部、第一試合を開始いたしまァす！　まず登場するのは……

鋼鉄の鎧をまとった殺人虫！　バウンシー・スレータアァァ——！」

　左側の落とし戸からノソノソと這い出てきたのは、アルゴの説明どおりダンゴムシ——だが全長は八十センチほどもあり、いかにも頑丈そうな殻は青黒い金属光沢を帯びている。ベータテストで何度か戦ったことがあるが、殻を斬撃武器で力任せに斬ろうとすると一気に耐久度を減らされてしまう厄介な敵だ。

「対するは……鉄すらも噛み砕く赤い死神！　ラスティー・リカオォ——ン！」

　右側の落とし戸の奥で、グルル……という唸り声が響く。影の中から進み出てきたのは、黒いぶちがある赤錆色の毛皮をまとった犬型モンスター。リカオン系はウルフ系よりずんぐりした体形で鼻筋も短いが、そのぶんタフで牙の威力もあなどれない。尻尾を抜いたサイズも、ダンゴムシより一回り大きい。

　双方の頭上にカラーカーソルが出現する。色の濃淡で強さを判別させないためか、通常の赤ではなくNPCと同じ黄色だ。

　俺は、ダンゴムシのほうに戻しかけた視線をリカオンに固定した。アルゴが受けたクエストの依頼人によれば、このラスティー・リカオンには何かインチキが仕掛けてあるらしい。

　ダンゴムシもリカオンも、七層の後半に出現するモンスターだが、ベータ時代に手こずったのはどちらかと言えばダンゴムシだ。リカオンも決して楽な相手ではなかったものの、こいつが危険なのは必ず二、三匹の集団で出現するからで、一匹ずつ引き離して処理すれば効率良く狩れた記憶がある。実況NPCは『鉄すらも噛み砕く』と言っていたが、それはいささか誇張しすぎだろう。

実際、オッズはリカオンのほうが高いのだから、会場内の客たちはダンゴムシのほうにより大きい金額を賭けたわけだ。そこでリカオンに逆張りし、インチキで確実に勝利させられれば一儲けできる理屈ではある。問題は、どんなインチキをすれば衆人環視のモンスターバトルでリカオンを勝たせられるのかということだが——。

「……見た目は、とくに気になるところはないな……。鉄の入れ歯か付け爪でも付けてるんだろうと思ったけど……」

「そんなの一目でバレバレでしょ」

俺のコメントをばっさり否定すると、アスナは続けて囁いた。

「わたしは興奮剤みたいなのを飲ませてるのかなって思ったけど、そもそもあのモンスターを見るのが初めてだから判断できないわ。キリト君は解る？」

「うーん……異常に興奮してるって感じでもないな。そもそも、その手の薬を使えばHPバーにアイコンが出るんじゃないか？　バフなのかデバフなのか解らんけど」

「ああ、そっか」

アスナが頷いた直後、蝶ネクタイの声が高らかに響いた。

「鋼鉄の殺人虫が叩き潰すか！　赤い死神が噛み砕くか！　第一試合……開始いぃぃぃ！」

　ドジャジャーン！　と銅鑼が鳴り、ケージ中央の柵が床下に引っ込んでいく。ダンゴムシが横長の複眼を、リカオンが赤い双眸をぎらりと光らせる。

「頼んだゾ、お二人サン」

　アルゴの囁き声に、モンスターたちの雄叫びと客の歓声が重なった。

「シャアアアッ！」とダンゴムシが、

「ガルウウウッ」とリカオンが吼え、双方同時に突進する——と言ってもダンゴムシは大あごを開き、七対の脚をわさわさ動かしてまっすぐ進むだけなのに対して、リカオンは三歩目で右に跳んで敵の後ろに回り込もうとする。

　ダンゴムシも方向転換するが、動きはやはり遅々としている。斜め後ろを取ったリカオンが、躊躇なく飛びかかって歩脚の一本に噛みつく。

「グルッ！」

　四肢を踏ん張り、首を激しく振り動かすと、歩脚が根元から千切れて血の代わりに真っ赤なダメージエフェクトが飛び散った。

「シュウウッ！」

　ダンゴムシが怒号なのか悲鳴なのかさっぱり解らない声で鳴き、ＨＰゲージが七パーセントほど削れた。場内にも歓喜と悲嘆の叫びが渦巻く。

　俺は遅まきながら、そういえばリンドとキバオウたちはどっちに賭けたんだろうと考えた。

連中の反応を見れば判るかもしれないが、ケージの中から目を離すわけにはいかない。

ファーストアタックはリカオンが取ったが、これがインチキの効果だとは思えない。敏捷性ではリカオンが圧倒的に勝っているのだから、ダンゴムシが馬鹿正直に追いかけても後ろに回られるだけだ。

再びリカオンが攻撃し、二本目の歩脚を引っこ抜いた。ダメージが十五パーセントに拡大し、実況席でNPCが喚く。

「赤い死神の連続攻撃ィ――！　虫はしょせん虫なのかァ――ッ！」

言葉を理解したかのように、再び距離を取ったリカオンが低く唸った。

「グルウウ……」

その口許で、千切れた歩脚が青いパーティクルとなって砕けた。

残る脚は十二本。仮に全ての脚を失えばダンゴムシは歩けなくなる――いやそれ以前にHPゲージが消し飛ぶ。同じ展開が繰り返されればそうなる可能性もあるが、このままのそのそと右往左往するだけのモンスターなら、俺はベータ時代にあれほど苦労させられていない。

「シュウ……」

同じく唸ったダンゴムシが、いきなり全身をくるりと丸めた。

頭も触覚も残りの歩脚も、黒光りする甲殻に包まれて見えなくなる。直径四十センチほどの真っ黒なボールに変じた敵を、リカオンが油断なく睨む。静寂が四秒か五秒ほど続き、焦れた客の誰かが「攻めろ、ワン公！」と叫んだ、その瞬間。

リカオンではなく、ダンゴムシが動いた。と言ってもボール状態から元に戻ったのではなく、丸まったままの体をゴムボールのように平たく潰してから、バン！　と爆発じみた音を立てて空中に飛び上がったのだ。

凄まじいスピードで自らを発射したダンゴムシは、まず天井に激突し、火花を散らして跳ね返った。そのまま立体ピンボールの如く檻、床、また檻に反射してから、リカオンの横っ腹に激突した。

「ギャウン！」

こちらは明確な悲鳴を上げ、リカオンが吹っ飛ぶ。檻にぶつかって落下し、すぐに立ち上がったが、ＨＰゲージはいまの一撃で三割近くも減ってしまっている。

この高速バウンドこそがダンゴムシ唯一にして最大の攻撃であり、固有名が《バウンシー・スレーター》である理由だ。戦場がだだっ広い平地なら直線的な突進を避けるだけでいいが、森の中だと木々に反射する面攻撃となり、ダンジョン内だと床と天井にも跳ね返る立体攻撃になる。俺も回避のコツを摑むまで、横から上から後ろから散々ぶっ飛ばされたものだ。

「出たぁ――ッ！　スレーターの必殺技だぁ――ッ！　これには死神リカオンもなすすべなしかぁ――ッ！」

蝶ネクタイの実況を、怒濤のような歓声が掻き消す。

再びダンゴムシが体を平たくする。リカオンも上体を沈めて回避に備える。

バンッ！　と跳ねたダンゴムシが、今度は後方の石壁で反射し、真横からリカオンを襲う。

その初撃を、リカオンは大きく跳躍して避けた。だが檻から床へと跳ね返ったダンゴムシが、まだ空中にあるリカオンの体を捉えた。

派手に吹き飛ばされ、天井にぶつかってから墜落したリカオンのＨＰが、四割を下回って黄色くなった。

「……おいおい、ほんとにインチキしてるのかよ……」

思わずそう呟いてしまったが、アルゴもアスナも答えない。俺と同じく、まだ何も見つけていないのだろう。

よろよろと立ち上がったリカオンに会場から励ましの声が飛ぶが、さほど多くない。やはり大半の客はダンゴムシに賭けているようだ。

あと一回バウンド攻撃を喰らったら、恐らくリカオンのＨＰはゼロになる。そしてこの狭いケージの中で、上下左右に高速反射する三次元攻撃を無傷で避ける方法はなさそうだ。

ダンゴムシが、みたび体を押し潰した。

破裂音とともに、黒い球体が斜め上へと発射される。ガンガンガン！　と天井と床で交互に反射しつつ、満身創痍のリカオンに迫る。

これで決着か……と俺が予想した、その時。

「ガルオオオオッ!!」

ひときわ猛々しく吼えたリカオンが、ダンゴムシ目掛けて跳躍した。単なる体当たりでは、剣すら刃こぼれさせる頑丈な殻を砕けるはずもない。今度も吹き飛ばされて終わり——

突然、リカオンの体躯が正中線を軸に猛然と回転し始めた。あぎとを限界まで開いたまま、物理法則を超えた速度でスピンする。赤いドリルとなって突進するリカオンと、砲弾と化したダンゴムシが空中で激突する。

耳をつんざくような金属質の衝撃音が轟き、接触点から膨大な火花が散った。両者はしばし空中でせめぎ合っていたが、やがて一方のＨＰゲージが急激に減り始める。密着しているのでどちらのＨＰが削られているのか咄嗟に判別できない。

俺は賭けていないのに、息が詰まるような数瞬が経過し——ガシャーン！という破砕音とともに大量の青い破片が飛び散った。それを貫いて飛翔し、ケージの端に着地したのは、赤い毛皮のリカオンだった。

数秒間の静寂を、銅鑼の乱打が破った。大量の怒声罵声歓声が沸き起こり、広いアリーナがびりびりと震える。

「なんとおぉぉ——ッ！　大、大、大逆転————ッ！　勝ったのは赤い死神、ラスティー・リカオンだあぁぁ——ッ！」

蝶ネクタイの絶叫が響くなか、アルゴの呟き声がかろうじて聞こえた。

「オイオイ、ラスティー・リカオンにあんな特殊攻撃あったカ……？」

「ベータの時は一回も見なかったな……」

そう答えてから付け加える。

「でもまあ、正式サービスで攻撃パターンが追加されたモンスターも少なくないし、あいつもそうなのかも」

「だとするト、ここで見といて良かったナ。あんな大技、さすがのブラッキー先生でも初見でパーフェクトに対応すんのは難しいだロ」

なにおう、と思うがそのとおりだ。犬系モンスターが高速スピン攻撃をするのは完全に想像の埒外だし、どうにかガードできたとしても、あの威力では剣を折られてしまいかねない。

賭け客たちも、この展開は予想できなかったのだろう。立ち見席にいるガラが悪めなNPCは口々に悪態をつき、後方の椅子席からも落胆の声が聞こえてくる。

再び銅鑼が鳴り、ケージ右側の落とし戸だけが開いた。勝ったリカオンはわずかに足を引きずりながら暗闇の中に消え、蝶ネクタイの声が高らかに響いた。

「第一試合はこれにて終了です！　皆様、見事勝利したラスティー・リカオンに盛大な拍手を！」

その言葉を受けて客たちが手を打ち鳴らすが、賭けに負けた者のほうが多かったのだろう、あまり熱がこもっていない。しかし蝶ネクタイは気にする様子もなく、威勢のいいアナウンスを続ける。

「ありがとうございます！　第二試合は十分後、九時二十分から開始されます！　チケットはまだまだお買い求めいただけますので、勝ちを増やしたい方も負けを取り戻したい方も、ぜひぜひご参加くださあァ――い！」

　実況席を照らしていたスポットライトが消え、場内が少しだけ明るくなる。弛緩した空気の中、客たちが出口や左右のダイニングバーへと移動し始める。

　そう言えば我が朋輩たちの大勝負はどうなったんだろう……と考えた俺は、DKBが陣取るテーブルに目を凝らした。すると、リンドとシヴァタ、ハフナーたちが細長いグラスを高々と掲げている様子が見えた。どうやらオッズ二・四一倍のラスティー・リカオンに賭け、見事に勝利したらしい。

　体を反転させ、ALSがいるダイニングバーを見やる。途端、俺の口から「マジかよ……」という呟きが漏れる。キバオウたちも、満面の笑みを浮かべつつエールのジョッキをがんがんぶつけあっているではないか。負けた腹いせというわけではなさそうだ。

　体の向きを戻し、まだケージを見ている二人にも教える。

「リンキバ、どっちも勝ったみたいだぞ」

「うへ、マジかヨ」

　振り向いたアルゴが、俺と同じ感想を開陳する。

「少なくともどっちかはぶっ飛ぶと思ってたけどナ。これで両方ともチップ二千四百枚カ……

オイどーするヨ、マジで十万枚稼いで、二人とも金ぴかソードをゲットしちまうかもしれないゾ？　アレが二本あるならだけどナ」

「べ、別にどうもしないよ。それで攻略ペースが早まるなら大歓迎だ」

と優等生的回答を述べてみたものの、ほんのちょっぴり……小さじ半分くらいの羨ましさを感じるであろうことは否定できない。やはり俺は、デスゲームＳＡＯの囚人であると同時に、骨の髄からネットゲーマーなのだ。

攻略集団の基礎を築いた《騎士》ディアベルが、アルゴに仲介を依頼してまで俺のかつての愛剣アニール・ブレードを買い取ろうとしたこと、そして一層フロアボスのラストアタック・ボーナスを手に入れるために無謀な突撃を敢行したことも、他のプレイヤーたちがレベル的、装備的に追いついてきたいまならよく理解できる。いや、それは驕りというものか。なぜならディアベルはアインクラッドに囚われた人たちを助けたいと本気で思っていたのに、俺は結局、自分の強さにしか興味がないのだから。

そんな柄にもない自省をしていると、黙ったままケージを見詰めていたアスナが振り向き、言った。

「さっきのリカオンの特殊攻撃は、インチキってわけじゃないのよね？」

どうやらいつもの超能力で俺のネガティブ思考を察知したわけではないようなので、急いで頷く。

「う、うん。あれがインチキなら、ダンゴムシのバウンド攻撃だってそうなっちゃうし」

「そうよね……。——アルゴさんごめんなさい、残念だけどわたしにはあのリカオンがどんなインチキをしてたのか解らなかったわ」

それを聞いたアルゴが、さっと首を横に振る。

「イヤイヤ、アーちゃんが謝ることないヨ。オレっちにもさっぱりだったシ……キー坊は何か気付いたカ？」

水を向けられたので、アルゴの仕草を真似して両手をひょいと持ち上げる。

「俺もさっぱり。リカオンがダンゴムシの反射攻撃をまともに喰らって檻に激突した時、これで死ぬんじゃないかと思ったくらいだからな……。クエストログは更新されたのか？」

「んーっト……」

体を屈め、ウインドウを開いたアルゴは再びかぶりを振った。

「いいや、変わってないナ。『バトルアリーナ夜の部の第一試合で、リカオンに仕掛けられた不正行為を見破れ』のままダ」

「ヒントなし、か。でもクエスト失敗にもなってないのか……」

呟きつつ、黄金ケージのリカオンがぶつかった箇所を何気なく見やる。まさか金無垢というわけではないだろうが、あれだけの衝撃だったのに縦棒は歪みすらしていない。恐らく、建物本体と同じ破壊不能オブジェクトなのだろう。そうでなければ、上級モンスターが大暴れしてケージを壊し、客席に乱入してくる可能性もある。

仮にそういう事態となっても、ここは犯罪防止コード圏内なのだからプレイヤーのHPは減らないはずだが、NPCの客たちはどうなるのか。それ以前に、戦わせるモンスターたちを、いったいどうやって圏内に運び入れているのか……。

とりとめもない思考を巡らせながら、黄金のケージをぼんやり眺めていた時。

「………ん？」

あることに気付き、俺は眉を寄せた。

ぴかぴかに磨かれた金属棒の数本に、赤っぽい染みのようなものがわずかに付着している。リカオンが激突した、まさにその場所だ。

まあ、あれだけの勢いでぶつかったんだから血くらい出るか……と一瞬思ったが、そもそもSAOに出血描写は存在しないし、いままで戦闘後の血痕などというものを見た記憶もない。六層の《スタキオンの呪い》クエストでは、先代領主パイサーグルスを弟子のサイロンが殴り殺した黄金キューブには血染めの手形がついていたという話だったが、あれはそういう筋書きだからで……。

「……あ」

再び小さく声を漏らすと、俺は自分の体を見下ろした。防具を除装し、黒シャツと黒パンツにショートソード一本という格好で、ポケットにも何も入っていない。

「お二人さん、捨てていいハンカチとか持ってないか？　できれば白で」

パーティーメンバー可視モードにしたクエストログを覗き込んでいるアスナとアルゴに問いかけると、二人は同時に振り向いた。アルゴはやれやれという表情を浮かべただけだったが、アスナが呆れたように言う。

「キリト君、ハンカチくらい持ってなさいよね」

「い、いつもはベルトポーチに入れてるんだよ……でも白じゃないからさ」

「これでいい？」

ミニワンピースの大きな前ポケットから取り出されたのは、まさしく純白のハンカチ。

「たぶん返せないけどいいか？」

「いいわよ、裁縫スキルでいくらでも作れるから」

という答えを最後まで聞かず、速やかにひったくると二メートルほど左へ。周囲を見回し、キバオウたちにもリンドたちにもＮＰＣ客にも注目されていないことを確認してから、右手に持ったハンカチで檻に付着した赤い染みを強く擦る。

充分に拭い取ったところで檻から離れ、ハンカチを広げて凝視する。乾いた血にしては赤みが鮮やかすぎる……気がするが、そこは仮想世界なのでなんとも言えない。

「キー坊、それ、リカオンの血カ？」

「檻を拭くだけならぼろ切れとかでいいでしょ」

　女性たちの引き気味なコメントにもめげず、俺は赤い染みを鼻先に近づけ、匂いを嗅いだ。血に特有の金属臭はまったくしない。代わりに、ごく仄かだが、花のような甘ったるい香りを感じる。リカオンの血に特有の匂いというわけではなく、恐らくは——

「これ、血じゃないぞ」

　小声で言うと、アルゴとアスナは怪訝そうな顔になった。

「血じゃないなら何なんだヨ？」

「たぶん、染料か何かじゃないかな……」

「染料？　そんなもんがどうしテ」

　そこで声を途切れさせ、視線を左に振る。俺の背後ではなく、視界に表示されたメッセージを見ているのだ。

「……クエストログが更新されタ」

「えっ、どうなったの？」

　身を乗り出すアスナに、アルゴは再び開いたウインドウを示した。俺もすすっと回り込み、アスナの肩越しに覗き込む。

　更新されたログは、【リカオンに仕掛けられた不正を突き止めた。依頼人に報告しよう】となっている。不正の内容を察したらしいアルゴがニヤッと笑って右拳を突き出してくるので、軽く拳を合わせていると、アスナがまだ納得いかないように首を傾げた。

「染料が不正の証拠ってこと？　どうして…………あっ！」

どうやらアスナも、俺が教える前に自力で真相に辿り着いたようだ。しかしこの場で喋って、誰かに聞かれたら面倒なことになる。人差し指で「シー」のジェスチャーをしてから、アルゴに囁きかける。

「依頼人て近くにいるのか？」

「三階のホテルだヨ」

「えっ、ＶＩＰ専用の？　お前、通行証持ってるの？」

「依頼人がワンデーパスみたいのをくれたんダ。安心しなヨ、ツレも通れる……と思うナー」

語尾がやや不安にさせるが、乗りかかった舟だ。第二試合を見物できないのは残念なれど、どうせ賭けているわけではない。

「よし、行こうぜ」

「いいケド、お上品にしてろヨ、キー坊」

俺にだけそう言うと、アルゴはくるりと身を翻した。その背中を追いかけながら隣を横目で見ると、アスナは笑いを堪えるように頬に力を入れていた。

6

ＡＬＳとＤＫＢに気付かれないよう、首を縮めつつ人混みに紛れてアリーナを脱出すると、俺たちは揃ってフウと息を吐いた。もしかしたらとっくに気付かれていたのかもしれないが、連中もいまはこちらに構っている場合ではあるまい。第二試合のオッズだけは確認したのだが、現時点で二・〇七倍と二・七五倍。またリンドたちが高いほうのモンスターに賭けて勝てば、チップの枚数は六千六百枚に達する。

そもそもあいつらは、どうして倍率が高い＝勝つ確率が低いリカオンに賭けるという決断ができたのだろう。単純に穴狙いだったのか、それとも何か裏情報を掴んでいたのか……？

そんなことを考えた俺は、一階ホールへ続く階段を上る足を早めてアルゴに追いつき、小声で訊ねた。

「なあ、リンキバの二人も、お前と同じクエストを受けたって可能性はあるのか？」

「ハァ？　……ああ、連中がラスティー・リカオンに賭けてたからカ」

即座に俺の思考をトレースした情報屋は、一瞬首を傾げてから言った。

「ウーン、その可能性がゼロとは言わないケド、たぶん違うゾ。このクエはベータテストにはなかったやつだシ、開始点がドえらく見つけにくいからナ……ＡＬＳとＤＫＢが両方、ウォルプータに来て早々に発見できるとは思えないナー」

一呼吸置いてから、すぐに続ける。

「だいたい、クエでインチキ情報が手に入るのはさっきの試合だけなんだカラ、リンキバたちが昼の部でも連勝できた理由にはならないだロ？」

「あ……ああ、そっか……」

アルゴの説明には納得できたが、結局ＡＬＳとＤＫＢが大儲けしている理由は謎のままだ。登場するモンスターはほぼ初見の種類なのだから、知識と経験で勝っているわけでもあるまい。まさか単純にリンドとキバオウのリアルラック値が高いからなのか。彼らがそれで十連勝し、《ソード・オブ・ウォルプータ》を入手しようものなら、俺は自分のプレイスタイルを見つめ直したくなってしまいそうだ。

再びいじけた方向に迷い込みかけた思考を、深呼吸でリセットする。どうも、俺はこの街に来てから少々浮き足立ってしまっているようだ。ベータ時代に身を焼いたギャンブルの焦熱がまだ完全には消えていないのかもしれないが、いまの俺はもう無頼のソロプレイヤーではない。一層でアスナに「パーティーを組まないか」と誘ったのは俺なのだから、彼女が次のステージに進むまで、パートナーの役割を果たし続ける責任がある。

そんなことを考えながらちらりと右側を見ると、当の細剣使いも何やら考え込むような顔で足許の赤絨毯を見下ろしていた。残念ながら俺の対人コミュニケーションスキルでは、アスナが何を考えているのか推測することもできない。ストレートに訊けば教えてくれる気もするが、中二男子にはそんな質問すら荷が重い。

そうこうしているうちに階段を上り切り、一階のホールに到着する。真ん中の女神像を迂回して反対側に向かうと、黒服NPCと赤いロープによって封鎖された二階への階段がある。サンダルをぺたぺた言わせながら、恐らく戦えば衛兵NPC並みに強いであろう屈強そうな黒服に近づいたアルゴは、いつの間にかオブジェクト化していた灰色の金属プレートを掲げて言った。

「オイラとツレ二人、通っていいカ？」

すると黒服が無言でロープの片方をポールから外し、うっそりとお辞儀する。その前を平然と通過するアルゴに、俺とアスナも続く。

背後で再びロープが掛けられる音を聞きながら階段を上り、二階へ。アルゴはVIP専用の高額プレイルームには目もくれず、赤絨毯のホールを突っ切ってさらに上を目指す。

三階のホールも下と同じ八角形だが、照明はかなり薄暗く、絨毯は吸い込まれるような黒。四階もあるはずなのに上への階段は見当たらず、ホールの中央には魚の頭を持つ僧侶らしき石像が据えられている。

「……なんで魚？」

像を見上げながら呟くと、アスナも首を傾げて言った。

「カトリックの司教がかぶる冠は、魚の頭の形をしてるって聞いたことがあるけど……これは関係なさそう」

「なんか不気味な顔だしな」

「四層に出た半魚人ともちょっと違うわね」

俺たちがそんなやり取りをしている間に、アルゴは奥にある重厚なカウンターに歩み寄り、女性NPCに再びプレートを提示した。すぐに振り向き、俺たちを手招きする。

急いで近づくと、アルゴは建物の奥へ延びる廊下をぺたぺた歩き始めた。二階で演奏されているはずの弦楽は、もうまったく届いてこない。耳が痛くなるほど静まりかえった暗い廊下をしばし進み、突き当たりを左に曲がり、その先で右に曲がり、またしばらく歩いてから一つのドアの前で立ち止まる。

「十七号室……ここだよナ」

確かめるように呟くと、アルゴはしっとりと黒光りするドアを二回、音高くノックした。

数秒後、中からかすかな声が聞こえる。

「どなた？」

「アルゴだヨ。あと、ツレ……じゃなくて助手が二人」

また少し間があって、カチッと上品な解錠音が響いた。ゆっくり開いていくドアの内側は、廊下よりいっそう暗い。

これはもしかして武装を戻すべきか、少なくとも剣だけは装備しておいたほうがいいのでは……と一瞬考えたが、アルゴが警戒する様子もなく突入しているので、やむなく追いかける。いちおう左腰にショートソードはあるので、いざとなればこれでアスナがフル武装するまでの時間稼ぎくらいはできるはずだ。

室内に入ると、そこはアンバームーン・インのプラチナスイートが瞬時に霞んでしまうほど広くて豪華な部屋だった。明かりはわずかなランプだけだが、南に面した巨大な窓から青白い月光が惜しみなく降り注いでいる。その手前には、五人が楽に並べるほどのソファー。しかし座っているのは一人だけ。

シルエットしか視認できないが、かなり小柄だ。視線をフォーカスするとNPCの黄色いカラーカーソルが現れる。HPバーの下に表示される名前は【Nirnir】となっているが、読み方は確信が持てない。頭上には、クエスト進行中であることを示す【?】の立体マークが浮かんでいる。

ニルルニー……ニーニル……ニアナイア……？　と脳内にあれこれカタカナを思い浮かべていると、突然すぐ左で女性の声がした。

「腰のものをお預かりします」

「ふひっ⁉」

反射的に飛び退いた途端、右に立っていたアスナにぶつかってしまう。

「ちょっと！　気をつけてよね」

文句を言いつつも背中を支えてくれたパートナーに「悪い」と囁き返してから、俺は改めて左の暗がりを注視した。

ドア脇にひっそり立っているのは、黒いドレスに白いエプロンのメイドさん……と思いきや、胸には黒光りするブレストアーマーを装備し、スカートはライン状に縫い付けられた鏃型の金属プレートで補強されている。手袋とブーツも装甲つき、左腰にはレイピア——いやこれは刃のない刺突特化剣、エストックか。

戦闘メイドさんは日本製のアニメやゲームでは定番属性と言っていいが、アインクラッドで見るのは初めてな気がする。カラーカーソルはソファーの人影と同じ黄色、名前は【Ｋｉｏ】——これはキオとしか読めない。

俺がぼんやり眺めていると、メイドさんはきっちり横分けにした前髪の下の剣呑なツリ目でじろっと俺を睨み、繰り返した。

「腰の剣を」

「あ……は、ハイ」

武器がなくなってしまうのは不安だが、いちおう体術スキルもあることだし、と自分を納得させつつ左腰のショートソードを鞘ごと外す。俺が差し出したそれを、メイドさんは速やかにひったくり、半分ほど抜いて刀身を検分した。

「……ただの鋼だな」

咄嗟に「オリハルコンじゃなくてすみません」と言いそうになったが確実に伝わらないので我慢する。メイドさんはショートソードを近くのラックに掛けると、一歩下がってから言った。

「くれぐれも、ニルーニル様に失礼のないように」

どうやらＮｉｒｒｎｉｒはニルーニルと読むらしい。面白い名前だなー、という感想も口に出さないほうがいいだろう。

キオという戦闘メイドの許可が出るや否や、すぐ前で立ち止まっていたアルゴが部屋の奥へ歩き始めた。俺とアスナも続く。

異様に毛足の長いカーペットを踏み越えて大型ソファーに近づいていくと、ニルーニル様の姿がようやく視認できた。いくつも重ねたクッションにしどけなく寄りかかる姿は小柄で当然──見た目では十二歳ほどの女の子だ。

チュールというのかオーガンジーというのか、透け感のある生地がレイヤリングされた黒いサマードレスを着ている。露出した手足はあまりに白く、波打つ金髪があまりに豪奢なので、一瞬人形にも見えてしまう。

その金髪がふわりと動き、青白い月明かりが幼さと妖しさの同居する美貌を照らし出した。紅い唇から、少し舌っ足らずな甘い声が流れる。

「アルゴ、おかえりなさい。助手を見つけたの？」

「アア、前からの顔馴染みなんダ。二人ともニル様に挨拶しなヨ」

と応じたアルゴが完璧にいつもの調子なので、どういう態度を取ればいいのか迷っていると、一歩進み出たアスナが映画でしか見たことのない挨拶を繰り出した。両手でワンピースの裾を軽くつまみ、右足を引いて左膝を曲げながら名乗る。

「はじめまして、ニルーニル様。わたしはアスナと申します」

姿勢を戻し、一歩下がる。次は俺の番だが、動きをそっくり真似ようにもスカートがない。えーとえーとと頭を高速回転させ、外国映画で貴族っぽい人がしていた仕草を必死に思い出す。アスナと同様に右足を引いて左足と交差させ、右手を胸の下に添え、左手は横に伸ばして一礼。

「は、はじめまして、キリトです」

正解だったのか否かは不明だが、少女は鷹揚に頷くと、「アスナとキリト……でいい？」と問うてきた。ＡＩ化されたＮＰＣがほぼ必ず行う名前の発音チェックだ。イントネーションは完璧だったので、同時に「はい」と答える。

「そう、よろしくね。座れば？」

そう言って示したのは、巨大ソファーの空いている場所ではなく、少女の足許側に置かれた三人掛けのソファーだった。俺、アルゴ、アスナの順に腰掛けると、いつの間に準備していたのか、キオが大理石のローテーブルにお茶のカップを並べ始めた。終わるとお盆を持ったまま滑るように移動し、二つのソファーの中間あたりに控える。俺が主人に何かしようとしたら、即座にエストックで串刺しにできる位置だ。

もちろんそれを確かめるつもりはないので、「頂きます」と言ってからお茶を一口味わう。ストレートの紅茶で砂糖もミルクもついていないが、マスカットのような香りと仄かな甘味がある。右側からアスナの「美味しい」という呟きが聞こえてきたので、かなりの高級品なのだろう。

俺たちがカップを置くと、寝そべっていたニルーニルが半分ほど体を起こし、言った。

「こうして戻ってきたってことは、あのワンちゃんに仕掛けられたインチキが何なのか解ったのかしら、アルゴ？」

「まあ、たぶんナ。説明して差し上げろヨ、キー坊」

いきなりそう言われ、「ええ!?」と声を上げてしまったが、拒否できる雰囲気でもない。やむなくパンツのポケットから、丁寧に折り畳んだハンカチを引っ張り出す。ニルーニルに手渡すべく腰を浮かせた瞬間に、左側のキオがずいっと右手を突き出してくる。

「……よ、よろしく」

その手にハンカチを載せると、キオはそれを両手で広げた。真ん中についている赤い染みを見て眉をひそめたが、何も言わずに巨大ソファーの後ろを回り込み、ご主人様の右側に跪いてハンカチを差し出す。

受け取ったニルーニルも、怪訝そうな顔でハンカチを摘まみ上げてから俺を見た。

「……これがどうしたの、キリト？」

「その染みは、第一試合で勝ったラスティー・リカオンが檻に激突した時に付いたものです」

「つまり、ワンちゃんの血……じゃないわね。血の匂いがぜんぜんしないわ」

鼻を近づけてもいないのにそう断言したニルーニルに、俺はこくりと頷きかけた。

「はい、それはたぶん、何かの植物から作った染料でしょう」

「染料……？」

ニルーニルが人形のように大きな両目をすっと細める。ずっと黒だと思っていた瞳が、月光を受けて深い赤に輝く。

「つまり、ワンちゃんの毛皮が染められてるってこと？」

「そうです」

頷いた俺は、ラスティー・リカオンに仕掛けられた不正の中身を、極力明瞭な声で説明した。

「この層の西側、《白骨の平原》に出没するラスティー・リカオンは、確かにそんな色の毛皮をしています。でもわざわざ同じ色に染める意味はない……。つまり第一試合でダンゴムシ、もといバウンシー・スレーターと戦ったのはラスティー・リカオンじゃなくて、本来異なる色の毛皮を持つ上位種なんだと思います」

「………」

俺が説明を終えても、ニルーニルはなかなか口を開こうとしない。

もしかして何か間違ったかと不安になってきた時、少女はようやく左手を動かし、ハンカチをキオに返した。だがその手は空中に留まったままだ。

キオは証拠品のハンカチを素早くエプロンの前ポケットに仕舞うと、近くのサイドテーブルからワインボトルを取り上げ、黒ずんで見えるくらい色の濃い液体をグラスに指二本ぶんほど注いだ。

左手でそのグラスを受け取ったニルーニルは、赤ワインであろう中身を一息に飲み干した。子供がお酒飲んでる！　いーけないんだーいけないんだー！　と思ったが、アインクラッドに未成年飲酒を禁じる法律があるとは思えない。

しかもニルーニル様は、空になったグラスをまっすぐ上に振りかざし、床に叩き付けようとした。だが寸前で自制したらしく、ゆっくり引き戻したグラスをキオに渡す。「ふう……」と長く息を吐き、顔を上げてこちらを見る。

柳眉をきつく逆立てた美貌には、もう幼さは欠片も存在しない。六層で知り合ったミィアと大して違わない歳だろうに、醸し出される迫力はまったく少女離れしている。

「……コルロイの爺ィ、やってくれたわね」

発せられたその声は怒りの炎で赤く彩られていたが、耳慣れない名前が含まれていたので、俺は思わず訊き返してしまった。

「コルロイって誰です？」

「……キオ、説明してあげて」

ニルーニルがひらりと左手を振ると、キオはワイングラスをテーブルに戻してから定位置に移動し、俺を見下ろした。

「このウォルプータ・グランドカジノが、ニルーニル様が御当主であられるナクトーイ家と、縁戚であるコルロイ家によって運営されていることは知っているか？」

どちらの名前もまったくの初耳だ。ベータ時代に聞いた記憶もない。横目で右側を見ると、アルゴもアスナも首をふるふる左右に振るので、再びキオを見上げて答える。

「す、すみません、知りません」

「……街に来たばかりの冒険者では詮ないことだな。ナクトーイ家とコルロイ家は、どちらも英雄ファルハリの血筋だ。ファルハリの名くらいは知っているだろう？」

どっかで聞いたはずだけどどこだっけ……と乱雑に詰め込まれた記憶をひっくり返していると、アスナが助け船を出した。

「水竜ザリエガを退治して、ウォルプータの街を築いた人ですよね」

「そのとおり。ファルハリはザリエガの生け贄にされようとしていた娘を娶り、双子の男児が生まれた。だが二人は幼い頃から仲が悪く、長じてもファルハリの跡継ぎの座を巡って争いを続けた。そこで老いたファルハリは二人が直接剣を交えることを禁じ、手なずけた怪物を代理として戦わせ、五回勝負で先に三回勝利したほうがウォルプータの次の支配者となると遺言によって定めたのだ」

「ははあ……」

確かに双子の兄弟が殺し合うよりは平和的な解決法かもしれないが、戦わされるモンスターはいい迷惑だな……と思っていると、俺の思考を読んだかのようにニルーニルが言った。

「お前たち冒険者も数え切れないほどの怪物を殺してきたでしょうに」

「そ、そうですね、仰るとおり」

という答えを聞いたニルーニルは、フンと小さく鼻を鳴らしてから、手振りでキオに続きを促した。

「……始祖ファルハリが世を去ったあと、双子たちは遺言どおり、手なずけた怪物による五回勝負を執り行おうとした」

「ちょ、ちょっと待った」

再開されたばかりの説明に割り込むと、キオはあからさまに嫌そうな顔をした。思わず首を縮めつつ、質問を繰り出す。

「手なずけたって簡単に言いますけど……そんなことできるんですか？」

「私やお前のような只人には不可能だ」

あっさりそう言い切ると、キオは少々誇らしげに続けた。

「しかし英雄ファルハリは、怪物を従える秘術を会得していた。双子は、ファルハリから受け継いだその力で怪物を手なずけたのだ」

「秘術……」

啞然と呟いてから、隣のアルゴの耳に最小ボリュームの声を送り込む。

「おいアルゴ、SAOってテイムスキルのたぐいはないよな？」

「スキル選択リストにはないナ。あるとすりゃエクストラスキルだガ……」

「ま、マジか」

思わずごくりと喉を動かしてしまう。

俺のスキルスロットに存在する二つのエクストラスキル、《体術》と《瞑想》は、どちらもNPCに試練を与えられる系のクエストをクリアして習得したものだ。ひょっとすると、このクエストもその系統なのだろうか？　クリアできれば、SAOには存在しないと思われていた《飼い慣らし》スキルを習得できる……？

「話を戻していいか？」

キオの焦れたような声に、俺は慌てて体の向きを変えた。

「はっ、はい、どうぞ」

「始祖ファルハリが世を去ったあと、双子たちは遺言どおり、手なずけた怪物による五回勝負を執り行おうとした」

俺に中断される直前の言葉をそっくり繰り返すと、キオは説明を再開した。

「しかし彼らはどちらも、用意できた怪物の強さに自信がなかった。そこで、勝負が遺漏なく行えるか確かめるためと称して、本番前に試しを行うことにしたのだ。屋敷前の広場の一部を木製の柵で囲い、出入り口を二つ作って、そこから怪物を入れて戦わせるという手筈だった。多くの住民が見物するなか試しの勝負が行われたのだが、怪物が柵を飛び越えたり、力余って壊したりして大変な騒ぎだったという」

　木の柵じゃなあ、そりゃそうだろうなあ……と思ったがキオの話はまだ終わらない。

「しかし、死人も怪我人も出なかったこともあって、その試しを住民たちは大いに楽しんだ。当時のウォルプータは漁と畑作で細々とたつきを立てていた小さな町だったし、東のレクシオ、西のプラミオにもこれという娯楽はないしな。翌週に柵を補強して行われた二回目の試しには、ウォルプータのみならずレクシオとプラミオからも見物客がやってきて、屋台が立ったり賭け屋が出たりとお祭り騒ぎになったそうだ」

「……だんだん話の行き先が解ってきたゾ」

　というアルゴの囁き声に、無言で頷く。キオはもうこちらを睨むこともなく、身振り手振りを交えつつ昔語りを続けた。

「その様子を見た双子は考えた。急いで本番の五本勝負を行わず、試しの勝負を繰り返せば、ウォルプータに金を落とす客を毎週集められるのではないか……とな。その目論見は当たり、《闘技場》と名を変えた試しの勝負には、二つの街から多くの客が押し寄せるようになった。

後継者争いは棚上げにして、賭けも双子たちが自ら仕切り、前座の余興や他の遊戯も催され、やがて二人の屋敷は改築されて、このウォルプータ・グランドカジノとなった。双子が老いて身罷り、子の代、孫の代となるにつれて始祖ファルハリの遺言は形だけのものとなり……」

そこで言葉を切ったキオに代わって、ニルーニルが締めくくった。

「お前たちが地下で見たとおり、当初の目的を見失った試しの勝負が、日毎夜毎繰り返されているというわけ」

「………」

うら若き当主の素っ気ない口調からは、形骸化した遺言をどう思っているのか判断できない。そもそもニルーニルは、始祖たる英雄ファルハリから数えて何代目の当主なのだろう。

騎士キズメルが教えてくれたダークエルフの伝承では、浮遊城アインクラッドは千古の昔、大陸から無数の街や村が地面ごと切り抜かれ、魔法の力が届かない高空に追放されて生まれた、とされている。《千古の昔》というのが具体的にどれくらい前なのかは不明だが、百年や二百年ではあるまい。

キズメルはこうも言っていた。『大地切断と六つの秘鍵にまつわる伝承の全てを受け継いでおられるのは女王陛下ただお一人。この浮遊城が生まれた時代も、遥かな昔としか教えられておらぬ』――しかし英雄ファルハリが何年前の人なのか解れば、《千古の昔》の下限は判明するわけだ。

　意を決し、俺はニルーニルにそのあたりのことを訊ねようとした。しかし一瞬早く、右方向からアスナの声が響いた。

「英雄ファルハリの力が双子に受け継がれたということは、その血筋に連なるニルーニル様も怪物を手なずけられるんですか？」

「そうよ」

　短いいらえを、キオが補足した。

「正確には、ナクトーイ家の御当主であられるニルーニル様ともう一人……コルロイ家の当主バーダンだけが《使役》の力を行使できるのだ」

「ということは、地下の闘技場で毎日戦っているモンスター……怪物の半分は、ニルーニル様がご自身で手なずけたのですか？」

「そうよ」

　今度の返事も短かったが、アスナの口調が俺の五割増しで礼儀正しかったからか、当主自ら情報を付け足した。

「とはいえ、私が森や山や洞窟に出かけているわけじゃなくて、捕獲されて運ばれてきた怪物を手なずけてるだけだけどね。私は自分で探しにいきたいのよ？　でもキオや警護の者たちが許してくれないの」

「当然です！」

すかさずキオが口を挟む。

「ニルーニル様は、コルロイの者どもからお命を狙われているのです。野山に出かけるなど、襲ってくれというようなものです」

「いっそ堂々と襲ってくれたほうが、毒だの何だの使われるよりすっきりするわ」

物騒な会話に、俺はまたしても口を挟んでしまった。

「あ、あの、命を狙われてるって……ナクトーイ家とコルロイ家は、共同でグランドカジノを運営しているんでしょう？　アリーナで戦うモンスターの半分を供給しているニルーニル様がいなくなっちゃったら、コルロイ家だって困るのでは？」

「そんな当たり前の理屈が解らなくなるくらい、バーダン・コルロイは耄碌しちゃったのよ。歳を取るって嫌ね」

子供らしからぬ台詞を口にすると、ニルーニルは再びクッションに体を埋めて横たわった。組んだ素足の爪先を空中で揺らしながら、半ば囁くように――。

「……バーダンも、昔は私を可愛がってくれたわ。でも命の終わりが少しずつ近づくにつれ、それを遠ざけることしか考えなくなった。いまのバーダンは、わずかな命を買うための大金をかき集めるのに夢中で、ほかのことは何一つ見えていない。闘技場でけちなインチキをしているのもそのせい……賭けられたチップから引かれる一割の手数料は、その試合に勝ったほうの総取りだからね」

「命を……買う？　いったい誰から？」

道具屋で売っている回復ポーションはもちろん、七層では激レアな回復結晶ですら、寿命は延ばせないだろう。そう考えたがゆえの質問だったが、ニルーニルは波打つ金髪を小さく横に振った。

「お前たちがそこまで知る必要はないわ。とりあえず……リカオンの仕掛けを見破ってくれたお礼をしないとね。キオ」

主人に名前を呼ばれたメイドが、俺たちの前まで移動した。立ち上がったアルゴに、小さな革袋を差し出す。

「毎度！」

アルゴが革袋を受け取った途端、ニルーニルの頭上に浮かんでいた【？】マークがかすかな効果音とともに消滅した。共有していたクエストがクリアされたのだ。これで仕事は完了だが、ストーリー的にだいぶ消化不良だな……と思っていると。

横たわる少女の頭上に、新たなクエストの出現を知らせる【！】マークが現れた。すかさずアルゴが、革袋を右手に持ったまま問いかける。

「ニル様、他に仕事はないかイ？」

「まあ……なくもないわ。でも、今度のはかなり面倒よ」

「へーキへーキ、キリトとアスナが頑張るからナ」

アルゴの安請け合いに、ニルーニルはくすっと笑うと上体を起こした。表情を改め、真剣な口調で話し始める。

「なら、説明するわ。——お前たちが仕掛けを見破ってくれた偽ラスティー・リカオンだけど、コルロイ側はあのワンちゃんを明日の夜にも出してくるわ」

「え、けっこうダメー……じゃなくて怪我してましたよ」

俺の指摘に、少女は華奢な肩を上下させる。

「もちろん手当てくらいはするでしょうけどね。それに、あのリカオンは今日でもう四日連続出場してるのよ」

「ってことは、四連勝したのか。……いや、でも、待てよ。ニルーニル様は、あのリカオンが怪しいことを、今日の試合の前に気付いてたんですよね？」

「今日どころか三日前……二回目の試合で気付いたわ」

そう答えるニルーニルに、俺は恐る恐る訊ねた。

「なら、どうしてもっと強いモンスターを当てなかったんです？　バウンシー・スレーターも弱くはないけど、たとえば……ヴェルディアン・ロックボアとかブレイジング・ニュートとか……」

七層屈指の強敵の名前を記憶倉庫から引っ張り出すと、少女はあからさまな渋面を作った。

「ロックボアはケージの入り口を通れないし、ブレイジング・ニュートなんか戦わせたら火事になるわよ。そもそも、片方が圧倒的に強い試合を組んでも賭けにならないでしょう？」

「じゃあ……どうやって組み合わせを決めてるんですか？」

「七層に棲息している、ケージの中で安全に戦える大きさの怪物全ての名前と特徴を網羅した一覧表があるのよ」

それを聞いた途端、隣のアルゴがぴくりと体を動かす。確かに情報屋からすれば垂涎の一品だろう。盗もうとか考えるなよ……と念じつつニルーニルの説明を聞く。

「その一覧表では、怪物がその強さによって十二の等級に分けられてるの。試合を組めるのは、同じ等級に分類される怪物だけ。バウンシー・スレーターとラスティー・リカオンはどっちも六等級よ」

「……ちなみに……」

「最弱が一等級、最強が十二等級。つまり六等級のラスティー・リカオンを偽装して、七等級以上の上位種を出してきたわけね」

またしても俺の心を読んだかの如くそう答えると、ニルーニルは深紅の瞳にきらりと剣呑な光を宿らせた。

「ナクトーイ家とコルロイ家は、どんなに角突き合わせてもグランドカジノに関する取り決めだけは遵守してきた。でもバーダンは、わずかな金のために越えてはいけない一線を越えた。その報いは受けてもらわないとね」

「……オイオイ、面倒な仕事ってテ、まさか暗殺とかじゃないよナ？」

アルゴの直球すぎる言葉に、少女が大きく苦笑する。

「さすがにそんなこと頼まないわよ。やるなら私自身がやるわ」

恐ろしい台詞を平然と口にするが、ニルーニルの人形のような手では剣はおろかダガーすら振れそうにない。NPCのステータスは見た目では解らないし、六層で一緒に戦ったミイアも子供とは思えないほど強かったが、母親のセアーノにみっちり鍛えられていたミイアと違ってニルーニルは深窓のお嬢様だ。パーティーを組めればレベルの数字だけは解るのだが、恐らくそんな展開にはならないだろう。

わずか二秒でデフォルトの表情に戻ると、ニルーニルは本題に入った。

「アルゴたちには、《ナーツスの木》っていう植物の実と、《ウルツ石》っていう石を集めてきてほしいの。その実を潰して搾った液体に同量のウルツ石を入れて、とろ火で煮詰めると、ありとあらゆる染料の色を抜ける強力な脱色剤になるわ」

「色を抜く……」

鸚鵡返しに呟いた途端、その液体の用途を悟る。

「つまり、あのラスティー・リカオンの毛皮を染めてる色を抜こうと……？」

「しかも闘技場で、試合直前にね。百人以上の賭け客が見ている前でインチキを暴かれたら、バーダン・コルロイの悪知恵でもどうにもできないでしょう」

「でも……その場合、グランドカジノ自体の信用が揺らいでしまうのでは？　ナクトーイ家も無傷ではいられないと思うんですが」

こわごわ指摘すると、ニルーニルは小さくため息をついた。

「仕方ないわ。こちらが用意した怪物が、等級違いの怪物に殺されたことにも腹が立つけど、それ以前にカジノで不正が行われているのは看過できない。公式に謝罪して、あのリカオンが出場した全試合の賭け金を返金するくらいのことはしないとね」

本当に子供かな？　と思いたくなるような言葉をすらすらと口にしたニルーニルは、視線を俺からアルゴへと移した。

「それで、アルゴ、依頼を受けてくれるの？」

「ン、ン〜〜」

珍しく迷うような声を出したアルゴは、ニルーニルとキオを順に見てから訊ねた。

「リカオンのインチキを見破る仕事をオイラに依頼したのは、ナクトーイ家の人間がケージの真ん前に陣取るわけにはいかないからだろうケド、石集めと実集めくらいなら問題ないんじゃないカ？　ナクトーイ家には手練れの怪物捕獲部隊がいるんだロ、そいつらに仕事のついでにやらせれバ……」

「無論、捕獲部隊の者たちなら、能力的には何の不足もないだろう」

と答えたのはキオだった。

「だが、問題が二つある。まずウルツ石は、ウォルプータのすぐ西を流れる川の河原で拾えるのだが、数が少ないうえに真っ黒な石なので昼間でなければ見つけられない。ナクトーイ家の配下がウルツ石探しをしているところを、コルロイ家の者に見られたら……」

「脱色剤を作ろうとしていることがバレちまうってわけカ」

「そのとおり。そしてもう一つの材料であるナーソスの木は、ウォルプータから遠く離れた七層の中央にある森に生えている。こちらはコルロイ家に気取られる可能性は低いが、別の問題があってな。その《揺れ岩の森》には黒エルフ族の砦があるのだ」

それを聞いた途端、俺は背筋を伸ばしてしまった。恐らくアスナもそうだろう。

キオはこちらをちらりと見たが、そのまま説明を続けた。

「ナクトーイ家もコルロイ家も、遠い昔から黒エルフの目を盗んで、森で怪物を捕らえ続けてきたからな。いままでは、黒エルフたちは捕獲部隊を見つけたらすぐさま襲ってくる。さしもの手練れたちも、森の中ではエルフの騎士や弓使いには勝てん」

それはそうだろう。黒エルフも森エルフも基本的にその層に出現するモンスターよりかなり高レベルに設定されているし、この七層からはさらなる上位クラスも出現するはずだ。いまの俺だって、一対一で戦って勝てる気はしない。もっとも、《シギル・オブ・リュースラ》を装備している限り、黒エルフに攻撃されることはないはずだが。

という思考までをも読んだかのように、キオは指輪が嵌められた俺の左手をじっと見ながら言った。

「キリト、アスナ、どうやらお前たちは黒エルフと友誼を結んでいるようだな。ならば、森で木の実をいくらか集める程度なら襲われることはないはずだ。生木を切ったり折ったりしたらどうなるか解らんが」

「き……切らないし、折らないよ」

「それがいい。――では、引き受けてくれるのだな？」

その問いに答えるのはアルゴの役目だ。情報屋は二秒ばかり沈黙してから、「マァ、ここで下りるのも気持ち悪いしナ」と呟き、立ち上がった。俺とアスナも急いで立つ。

「ヨシ、引き受けるヨ」

途端、ニルーニルの頭上の【！】マークが【？】へと変化する。気のせいかもしれないが、少しばかりほっとしたような顔になった当主は、こくりと頷いて言った。

「そう、よかった。集めてほしいのは、ナーソスの木の熟した実を二十個と、ウルツ石を……そうね、五十個。ナーソスの木がある《揺れ岩の森》までは往復三時間、ウルツ石は一人でも五時間あれば集められるはずよ。汁を搾って煮詰める時間を考えると、明日の午後一時までに持ってきてくれないと試合に間に合わないわ」

「午後一時だナ。ま、何とかなるだロ。そうと決まれば、今夜はとっとと寝たほうが良さそうダ」

「悪いわね、このホテルに泊めてあげたいところだけど、いまのお前たちにはそこまでの便宜は図れないの」

そう詫びたニルーニルに、アルゴはにやっと笑いかけた。

「ニル様にグランドカジノの掟を破らせるワケにはいかないサ。んじゃ、明日の昼メシ前には戻ってくるヨ」

おいおい、そんな安請け合いして平気かよと思いながら、俺はニルーニルとキオに一礼し、ドアに向かうアルゴを追いかけようとした。しかし二歩目を踏み出す前に、メイドさんに呼び止められる。

「忘れ物だぞ、キリト」

振り向くと、キオが俺から取り上げたショートソードを呆れ顔でこちらに突き出していた。慌てて受け取る俺を見て、ニルーニル様がくすっと笑ったような気がしたのはたぶん気のせいだろう。

7

階段で一階まで戻り、カジノの外に出ようとしたところで、俺はふとあることを思い出してアスナとアルゴを呼び止めた。

「あ、待った。いちおう、ＡＬＳとＤＫＢの賭けがどうなったか確認していいか？」

聞くやいなや二人がジットリした目つきになるので、急いで首を左右に往復させる。

「違うよ、羨ましいからとかじゃなくて、あいつらの大勝ちにも何かおかしな理由があるかもしれないだろ？」

「マア……ないとは言えないナ。でも、たぶん最終試合はまだだゾ」

アルゴの指摘に、視界端の時刻表示を見やる。ニルーニルの部屋で長々と話を聞いていた気がするが、まだ十時を十分ほど過ぎたところだ。

確か、夜の部の五試合は、九時、九時二十分、九時四十分、十時、十時三十分に予定されていたはずなので、いまは第四試合が終わったあたりか。それでも、ここまで勝ち続けていれば両ギルドとも盛り上がりは最高潮だろう。

「ちょこっと覗くだけだから！」

と言い張って二人を納得させ、足早に階段を下りる。バトルアリーナの大扉をくぐった瞬間、賭け客たちの興奮が熱気となって押し寄せてくる。

第二試合か第三試合で負けていなければ、DKBとALSはまだ右と左のダイニングバーにいるはずだ。無秩序に動くNPCたちをすり抜けて、バーが見通せる場所まで進もうとした、その時——。

「あれっ、キリトさん」

いきなり名前を呼ばれ、俺はギクッと動きを止めた。

右を見ると、そこに立っているのは、だぼっとした半袖シャツにだぼっとした七分丈パンツという格好の女性プレイヤーだった。オレンジがかった髪を太い眉の上で一直線に切り揃え、その下の目鼻がころっとした顔は、どこかで見た気もするようなしないような——。

「……どなたでしたっけ」

恐る恐る訊ねると、女性は上目遣いに俺を睨み、自分の頭上を指差した。そこに浮いているカラーカーソルには、【Liten】という文字列。

「あ、ああ、リーテンさんか!」

叫んだ俺の背中を、ちょうど追いついてきたアスナがばしっと叩いた。

「顔を忘れるなんて失礼でしょキリト君!」

「わ、忘れたわけじゃないって。いつものフルプレ姿なら一発で解ったよ」

その抗弁に、アルゴからも突っ込みが入る。

「ソレ、つまり顔は憶えてないってコトじゃないカ」

「だって素顔見たことほとんどないし」

「ならまずカーソルを見ろヨ」

「カーソル見たら名前思い出せないのがばれるし」

そんな言い合いをしていると、ふくれっ面だったリーテンが突然噴き出した。

「あはは……皆さん、相変わらずですねぇ」

ALSのフルプレガールことリーテンは、攻略集団の数少ない女性プレイヤーでありながら、最高クラスの物理防御力を誇る壁役の要だ。五層でのALS抜け駆け事件の時に協力して以来、友好的な関係を維持しているのだが、中学二年生男子としてはいささか接し方に迷ってしまう相手でもある。なぜならリーテンは、DKBの陸上部員ことシヴァタと付き合っているのだ。《彼氏がいる女性》に対してどのくらいまで親しみを表しても許容されるのか、正直さっぱり解らない。

そんなわけで、俺はリーテンから一メートルほどの距離を確保し、馴れ馴れしすぎる口調にならないよう気をつけて訊ねた。

「えっと……リーテンさんはどこに行こうとしてたんだ？　もうすぐ第五試合が始まるだろ？」

「あー、それが……」

リーテンはちらりと後方のダイニングバーを見てから言った。

「私、緊張しすぎて変な汗出てきたんで、第五試合は直接見るのやめようと思って」

「えっ、もったいない！」

と叫んでしまう俺を、アスナがぐいっと押しのけて前に立つ。

「よく解るよ、わたしもこういう緊張感は苦手だから」

「ですよねー。まだ自分で戦えるだけ、フロアボス攻略戦のほうがマシですよ」

「リーテンさんはどこで結果を待つつもりだったの？」

「一階のホールあたりでぶらぶらしてようかなって……」

「だったら、わたしたちと少しお茶でもしない？」

「あっ、いいですね！　でもカジノの近くのお店ってやたら高いんですよね……」

「カジノ一階のバーカウンターは普通の値段だったよ」

「じゃあそこにしますか」

台本でもあるのかと思うほどハイテンポなやり取りを経て、二人は出入り口へと歩き始めた。アルゴと一瞬アイコンタクトしてから後を追う。予定外の展開だが、ここでリーテンから話を聞けるのは大きい。

再び階段を上り、一階のプレイルームへ。バーカウンターは中央の大柱の左右に存在するが、左のほうが空いているのでそちらに陣取る。ここではカジノチップではなくコルが使えるので、俺とアルゴは生エール、アスナとリーテンはサングリア——赤ワインに果物と香辛料を漬けたものらしい——を注文する。三秒で酒が出てきたので、ひとまず乾杯。カジノ内は涼しいが、それでも冷たいエール酒は全身に染み渡るほど旨い。欲を言えばキンキンに冷えていてほしいところなれどアインクラッドでは氷も贅沢品だ。アルゴに《スノーツリーの蕾》をおねだりしようかと一瞬思ったものの、あれはほんのりミント風味がついてしまうので、エール酒には不向きだろう。

一息でジョッキを半分空にすると、アルゴと同時にプハーと息を吐く。一層にいた頃はただの苦酸っぱい液体としか思っていなかったが、気付けば「とりあえず生」的な注文を抵抗なくできるようになってしまった。この調子だと、現実世界に戻ってもビールが飲みたくなるような気がするが、それはその時のことだ。

アスナとリーテンもカットフルーツが浮いたサングリアをごくごくと喉を鳴らして飲んだ。赤ワインベースということは、本物はアルコール度数が十パーセント以上あるはずだが、この世界ではたとえ樽一個ぶん飲み干しても急性アルコール中毒になる心配はない。

時刻は十時二十分。あと十分で最終の第五試合が始まる。できればそれまでに聞くべき話を聞いてしまいたい。

そう考えた俺は、右隣のアスナの向こうに座るリーテンにまずはウォルプータの印象あたりの話題を振ろうとしたが、一瞬早く右奥のアルゴが口を開いた。

「なあリーちゃん、キバオウとリンドは、なんであんなにモンバトに大ハマリしてるんダ？　どっちもギャンブルに有り金突っ込むようなキャラじゃないだロ」

——いきなりすぎない⁉

と焦ったが、リーテンは訝しむ様子もなく頷いた。

「そう思いますよねー。でも、何の勝算もなく賭けてるわけじゃないんですよ」

「というト？」

「ALSとDKBが七層の主街区に移動したのは昨日、じゃなくて今日の深夜一時ごろだったんですけど、すぐ宿屋に泊まって七時に集合して、朝ご飯食べてから門が二つある広場に移動したら、NPCが話しかけてきたんです」

「NPC……？　そんなイベントあったかナ……」

アルゴと同時に、俺とアスナも軽く首を傾げる。リーテンが言った広場とは、《杖の男》と《杯の男》の石像が見下ろすあの場所のはずだが、俺たちに声を掛けてくるNPCなど一人もいなかった。

「だったら、早い者勝ちのイベントだったのかもですね。そのNPCは地味な感じのおじさんだったんですけど、ウォルプータのモンスター闘技場の虎の巻を買わないかって」

「虎の巻いぃー？」

あまりにも怪しい単語だったので、思わず声に出してしまう。

「そんなの絶対ボッタクリだろ……」

「私も、たぶん他のみんなもそう思ったんですけどねー」

こちらに苦笑を浮かべてみせてから、リーテンはアルゴに向き直った。

「その虎の巻、たった百コルだったんですよ。その値段で、今日の昼の部と夜の部に出場するモンスター全部の名前と特徴と勝敗予想まで書いてあって、あとウォルプータまでの地図と、道中に湧くモンスターの解説と、街の案内図まで……」

「そりゃまた大盤振る舞いだナ、オイラの商売あがったりだヨ。てっきり他にもカジノに詳しいプレイヤーがいたんだろうと思ってたラ、まさかNPCだったとはナ」

「安すぎて逆に怪しいって声もあったんですけど、ちょっと高めの食事一回分ならまあええかってキバさんが言って……。虎の巻を買って《追い風の道》に進んでみたら、地図は正確だしモンスターの解説も的確だしで、あっさりウォルプータに着いちゃったんです。だったらモンバトも試してみるかってことになって、昼の部の第一試合の、虎の巻で二重マルがついてるほうに千コルぶん、チップ十枚賭けたらばっちり当たって。第二試合には一万コルでチップ百枚追加したら、また当たって……」

そこで言葉を切ったリーテンは、サングリアをもう一口飲んだ。アルゴが何やら考えている様子なので、やっかみ半分のコメントを口にする。

「てことは、キバオウたちはそれ以降も虎の巻の予想どおりに賭けて大勝ちしたってわけか。

羨ましい話だなぁ」

「そのNPCって、欲深なプレイヤーには虎の巻を売ってくれないんじゃない？」

すかさずアスナがそんな皮肉を浴びせてくるので、笑顔で打ち返す。

「となるとアスナさんも欲深判定されたわけですね」

「……………」

てっきりいつもの脇腹攻撃が繰り出されるものと思ったが、アスナもにっこりと笑顔を浮かべると言った。

「わたしが欲深じゃない証拠に、これをあげるわ」

サングリアのグラスから、大ぶりにカットされた柑橘類を摘まみ出し、俺のエール酒に投入。

「ああっ、何てことを！」

「美味しくなるかもしれないじゃない」

「んなワケないし……」

これでクソまずかったらアスナの顔に毒霧攻撃をしてやろうと、できもしないことを考えながらジョッキに口をつける。こわごわ味わってみると、

「……あれ、悪くない」

「そうでしょ。確か、《ビターオレンジ》っていう、ビールをオレンジジュースで割ったカクテルもあったはずよ」

「絶対いま思い出したやつだろそれ」

　と突っ込んだ時、右方向から再びリーテンの笑い声が聞こえた。

「あははは、ほんと、いいコンビですねえ」

「べ、別にそういうわけじゃないわ」

　咳払いしたアスナが、話題を強引に元の軌道へ戻した。

「……となると、ＡＬＳだけじゃなくて、ＤＫＢもその虎の巻おじさんに声を掛けられたってことね」

「あ、そうです、夕方にちょっと会った時、シバがそう言ってました」

　あっけらかんと彼氏のニックネームを出したリーテンに、アスナもほんの一瞬話の接ぎ穂を見失ったようだったが、すぐに質問を重ねる。

「えっと……さっき終わった第四試合までで、チップ何枚くらい勝ったの？」

「確か、五万枚ちょっとだったかな？」

　俺の予想よりいささか少ない数字だが、それは虎の巻に従って時には倍率が低いモンスターにも賭けていたからだろう。

「ということは、第五試合で二倍のモンスターに賭けて勝てば、十万枚に届くわけね」

　アスナの言葉に、リーテンは小さく頷いた。

「まあ、そうなんですけど……どっちに賭けるかちょっと揉めてたんですよね。第五試合は、モンスターの予想印がマルとサンカクだったんです。倍率は、サンカクのほうが二倍くらい、マルが一・五倍くらいで……」

「それまでは、ずっと印がいいほうに賭けてたの？」

「ですです。昼の部の第三試合くらいまでは印が悪いほうを推すメンバーもいたんですけど、結局ずっと虎の巻の予想どおりの結果だったんで、夜の部はもうひたすら印に従って賭けてましたね」

「なんか……話がウマすぎないか？」

　ギャンブラーとしてのやっかみはともかく、ゲーマーとしての違和感を抑えきれなくなり、俺は口を挟んだ。

「たった百コルで買った虎の巻の予想が、的中率百パーセントなんてこと有り得るかな……。ゲームのイベントだと、最後の最後で印と逆のモンスターが勝って全財産なくすとかよくあるパターンだと思うけど」

「あー、確かシンケンさんが同じこと言ってましたよ」

　というリーテンの言葉に、誰だっけと一瞬考えてからシンケンシュペックのことだと悟る。アスナ曰く、シンケンシュペックというのはオーストリアで作られる生ハムの名前らしいが、彼がどうしてそんなキャラクターネームを選んだのかまでは知らない。

「シンケンさんも、最終試合が罠なんじゃないかって言い出して……。もしサンカク印の二倍つくモンスターに賭けて勝てば、チップが十万枚を超えて、あのとんでもない性能の剣をゲットできるじゃないですか。だから、いくらさんとかヴェルダーさんもシンケンさんに同意して……私はそこで出てきちゃったんで、結局どっちに賭けたのかは知らないんですけど……」

「あの、ヴェルダーさんってどなた様？」

　いくらは北海いくらのことだと解るが、ヴェルダーは初耳の名前なのでいちおう確認すると、リーテンは長めに息を吸ってから答えた。

「フルネームは、シュヴァルツヴェルダー・キルシュトルテさんです。私と同じタンクですよ。ギルドに入ったのはけっこう前なんですけど、最近立ち回りのコツを掴んだみたいで、一軍に上がったんです」

「なるほど……」

　ＨＰやスキル熟練度といった数値的ステータスは時間をかければかけただけ確実に上昇するが、いわゆるプレイヤースキルはその限りではない。ことにフルダイブ型のＲＰＧは従来型のゲームよりＰＳの比重が高く、ソードスキル一つ取っても習熟にかかる時間には個人差がある。集団戦での立ち回りとなればなおさらで、眼前のモンスターに対処しつつパーティーメンバー、ギルドメンバー、そして戦場全体の状況を俯瞰して適切に動くには知識と経験、そしてセンスが求められる。

　ずっとソロの火力職だった俺も人のことをどうこう言えるほど集団戦のＰＳが高いわけでは

ないので、ヴェルダー氏のように一流の壁役(タンク)を目指して頑張(がんば)るプレイヤーには大いに感謝しなくてはならない。名前がちょっと、いやかなり覚えづらいくらいは些細(ささい)なことだ。

そんなことを考えながら、視界右下を見やる。十時二十五分、第五試合まであと五分。もうＡＬＳもＤＫＢもチケット購入(こうにゅう)は済ませているだろう。間もなく彼らが栄光を摑(つか)むのか絶望に沈(しず)むのかが決定する。

正直リアルタイムで見物したいが、それは悪趣味(あくしゅみ)というものだ。いまはリーテンから、あと一つ大事な話を聞いておかなくてはならない。

「リーテンさんありがとう、リンキバ大勝負の経緯(けいい)はよく解(わか)ったよ。彼らの勝利を祈(いの)りながら、もう一つ聞かせてほしいんだけど……」

俺がそう切り出すと、リーテンはさっと顔を引(ひ)き締(し)め、頷(うなず)いた。

「はい、バクサムのことですよね」

俺とアスナ、アルゴが無言で頷(うなず)く。

ＰＫ集団の一員であるバクサムが潜入(せんにゅう)していたのはＤＫＢなのだから、ＡＬＳのリーテンは直接顔を合わせたことはないかもしれないが、俺たちが参加しなかった昨夜のミーティングでリンドからできるかぎりの説明はあったはずだ。

少し残っていたサングリアを飲み干したリーテンは、一呼吸入れてから話し始めた。

「……ＤＫＢは、ＡＬＳ(うち)と比べると少数精鋭(せいえい)志向ですが、それでもメンバーの募集(ぼしゅう)はしているんです。うちみたいに積極的なスカウトはしてませんけど、下層の主街区でペーパーを配って、はじまりの街でときどき入団審査会を開いてますから」

「へ、へえ……」

チラシのことをリーフレットやフライヤーではなくペーパーと呼ぶのは初めて聞いたが、いまはそんなことに引っかかっている場合ではない。

「審査会って、何を審査するんだ？」

「私もシバに軽く聞いただけですけど、レベルとかステータス、スキル構成を見る一次審査と、ソードスキルの実演をする二次審査、幹部とデュエルする三次審査があるそうです」

「三次審査……」

反射的に口の片側をひくつかせてしまう。

「それ、ちゃんと希望者が集まるの？」

アスナもほんのり呆れ風味が漂う声でそう訊いたが、リーテンはこくりと頷いた。

「最近は攻略集団を目指してる中堅層プレイヤーも増えてきたから、毎回二、三十人は集まるそうですよ。DKBは、ディアベルさんの直系ギルドだっていうのが大きいですよね……私も直接お話しする機会はなかったですけど、ミドルゾーンのプレイヤーのあいだではもう、伝説の英雄って感じですから」

キバオウさんもいいリーダーなんですけどね、と付け加えるリーテンの横顔を眺めながら、俺は脳裏に《騎士》ディアベルの姿を思い浮かべた。彼が第一層フロアボス攻略戦で散ったのが去年の十二月四日、今日が一月五日。まだたった一ヶ月しか経っていないとは信じられないが、中堅プレイヤーのあいだで伝説化するには充分な時間なのだろう。

短い沈黙を、リーテンの声が破った。

「……バクサムは、年末の入団審査会に参加して、三次審査のデュエルでハフナーさんと引き分けてＤＫＢへの加入が認められたそうです」

「年末か……」

呟きながら、脳裏にアインクラッド攻略のタイムテーブルを展開する。五層のフロアボスを俺やアスナ、アルゴ、リーテンを含む即席レイドで撃破したのが十二月三十一日の夜。年末の時点では、六層の連続クエストの情報など誰も持っていなかったはずだ。元ベータテスターは別だが、テスト当時の《スタキオンの呪い》クエストでは、キーアイテムの黄金のキューブにプレイヤーを麻痺させる力などなかった。

つまりもしバクサムが、最初から黄金のキューブを奪い取るためにＤＫＢに加入したのなら、《黒ポンチョの男》率いるＰＫ集団は元ベータテスター以外のルートであのアイテムの情報を得ていたわけだ。

「……バクサム、モルテ、黒マスクのダガー使い、そして黒ポンチョの男」

右手の指を一本ずつ伸ばしながら列挙したアスナが、その手をぎゅっと握り締めた。

「ＰＫ集団って、総勢何人いるのかしら」

「オレっちも頑張って調べてるんだけどナー、アジトさえ見つからないんだよナ……」

アルゴが悔しそうな声を出すと、すかさずアスナが気遣う。

「無理はしないでねアルゴさん、あいつらは危険だし狡猾よ。どこに紛れ込んでてもおかしくない」

そのとおりだ。アスナが《黒マスクのダガー使い》と呼んだＰＫｅｒを、俺たちはＡＬＳの古参メンバーであるジョーという男ではないかと睨んでいるのだが、残念ながら証拠を掴むには至っていない。リーテンにジョーの話を聞きたいのはやまやまなれど、もし俺たちがジョーを疑っていることを悟られてリーテンが奴に直当たりしようものなら、命を狙われる可能性があるのだ。

「……アイツら、何なんですか」

空になったグラスを両手で握り締めながら、リーテンが絞り出すように言った。

「この状況でＰＫなんかして、攻略の妨害をしたら、自分たちだってＳＡＯから解放されるのが遅れるのに……」

その問いに答えることはできない。俺やアスナも、奴らの存在を知ってからずっと同じ疑問を抱え続けてきたからだ。

黒ポンチョの男と仲間たちの行動には、どう考えても合理性がない。しかし、ある意味ではそれが奴らの強みになってしまっている。デスゲーム攻略を意図的に妨害するという異常さが、奴らの行動を推測しにくくしているのだ。

口に湧いてきた苦さをオレンジ風味のエール酒で洗い流していると、右側からアルゴの声が聞こえた。

「《バートルテスト》って知ってるカ？」

耳慣れない単語に、アスナ、リーテンと同時にかぶりを振る。

「一昔前に、とあるゲーム研究者が提唱したハナシなんだけどナ。それによると、ゲーマーは四種類に分類できるらしイ」

「四種類、ですか？」

首を傾げるリーテンに、アルゴは右手の指を一本立ててみせた。

「一つ目は《アチーバー》、これはゲーム内に設定された目標を達成するコトを目指すタイプダ。レベルをカンストしたり、最強装備を揃えたり、クエストを全クリしたり、トロフィーをコンプしたりナ」

俺はトロコンとかあんまりやらないなあ……と思ったが、口を挟むより早く二本目の指が伸ばされる。

「二つ目は《エクスプローラー》、未知の要素の探索や発見に燃えるタイプ。ワールドマップを隅々まで歩き回ったり、初見のダンジョンやボスモンスターにもとりあえず突っ込んだり、登れそうな壁や跳べそうな崖にしつこく挑戦したりするヤツ」

あ、俺それかも……と言う時間も、やはり与えられなかった。

「三つ目は《ソーシャライザー》。他のプレイヤーとの交流を楽しむためにゲームするタイプ。協力プレイ大好きだったり、ギルドを運営したり、マップに立ちっぱで何時間もチャットしたりとかナ」

今度は俺が何かを思うより早く、アスナが言った。

「キリト君とは真逆のタイプね」

途端、リーテンがフモモッと奇怪な音を発生させる。深く俯いているので、笑いを堪えようとしたに違いない。アルゴも奥でニヤッと口の端っこを持ち上げたが、すぐ真顔に戻り――。

「で、四つ目が《キラー》。他のプレイヤーを殺すことに喜びを見いだすタイプ」

アスナとリーテンの顔からも、笑みがすとんと抜け落ちた。

身動きしない二人に代わって、俺はアルゴに問いかけた。

「……つまりPK集団の連中は、そのキラータイプだってことか？」

「そんな単純なハナシでもないだろーけどナ。オイラはそもそも、バートルテストも眉唾だと思ってるシ……。ただ、SAOに囚われたプレイヤーの中には、PK行為に対する心理的ハードルが高いヤツもいれば低いヤツもいると思うんダ。ウマいこと説得されれば、そのハードルをぴょんと飛び越えちまうヤツらがナ……」

俺の耳にかろうじて届くボリュームでそう呟くと、アルゴはジョッキに半分近く残っていたエール酒を一息に飲み干した。

アスナとリーテン同様、俺も言うべきことをなかなか見つけられなかった。上手く説得されれば……とアルゴは言ったが、ではその説得をした奴はどうやって自分の中のハードルを越えたのか。あるいは、最初からそんなものを持っていない人間なのか。

――イッツ・ショーウ・タァーイム。

不意に耳許でそんな囁き声が聞こえた気がして、ぴくりと体を強張らせてしまう。すると、俺の戦慄を感じたかのように、隣のアスナが落ち着いた声を響かせた。

「……アルゴさん、とっても勉強になったわ」

肩をすくめつつ、悪戯っぽい口調で付け加える。

「でも、残念ながらわたしはどのタイプでもないみたい」

確かにそうだな、と言うよりアスナはそもそもゲーマーなのか――と考えていると、アルゴがニヒヒと笑い声を上げた。

「それじゃ、アーちゃんのために五つ目のタイプを進呈するヨ。《プログレッサー》ってのはどうだイ？」

「「「プログレッサー？」」」

三人同時に首を捻る。

「プログレス……って進むって意味よね。どこに進むの？」

「そりゃ、進むべき方向に、サ」

アスナの疑問を煙に巻くようなアルゴの答えに、下方向から届いてきたかすかな歓声が重なった。最終第五試合が始まったらしい。

「リーテンさん、戻る？」

アスナが訊くと、リーテンは少し考えてから答えた。

「いえ……もし勝てば、ここに賞品を引き替えに来るでしょうから、それを待ちます」

「そっか。じゃあ、わたしたちはそろそろ失礼するわね」

「あれ、結果を知りたくないんですか？」

「目の前で十万枚の剣をゲットされたら、キリト君が羨ましさで大泣きしちゃうから」

澄まし顔でアスナがそんなことを言い、リーテンとアルゴがくすくすにやにやしたので俺は慌てて抗弁した。

「な、泣かないし！　せいぜい地団駄踏むくらいだ」

「充分みっともないわよ」

呆れ顔で立ち上がったアスナに続いて俺も立ったが、アルゴはリーテンの隣に座ったままだ。

「オイラは結果を見届けてくヨ。先に宿に戻っててクレ」

「うん、じゃあまたあとでね。リーテンさん、話を聞かせてくれてありがと」

「いえ、楽しかったです」

アスナが笑顔で二人に手を振り、俺も左手を一回グーパーさせてバーカウンターを離れる。

階下からはまださざ波のような歓声が届いてくる。最後の試合だけあって、なかなか白熱しているらしい。

「……どうしても見たいなら、付き合ってあげるけど」

扉を目指して歩きながらアスナがそう言ったので、俺は軽く苦笑した。

「いや、いいよ。ニルーニル様の話を聞いたあとだと、素直に試合を楽しめない気がするし」

「確かにそうね。……ねえキリト君、あの子って……」

そこで言葉が途切れたので、俺はちらりと横を見た。だがアスナはゆっくりかぶりを振り、

「ううん、何でもない」と言った。

四十分後、俺とアスナはアンバームーン・インに戻ってきたアルゴから、ＡＬＳとＤＫＢが両方とも最終試合の賭けに敗れ、それまでに稼いだ五万枚以上のチップをほぼ全て失ったことを知らされた。

8

気ままに漂っていた綿毛が風に煽られて落ちるように、ふと目が覚めた。

重い瞼を二ミリほど持ち上げ、現在時刻を確かめる。午前二時——まだベッドに入ってから二時間しか経っていない。

俺は現実世界ではあまり眠りが深いほうではなかったが、アインクラッドでは不思議なほど熟睡できる。命が懸かったデスゲームに囚われているのになぜ眠れるのか自分でも不思議だが、昼間の攻略で脳が疲れるからか、眠りを妨げる余計な感覚が遮断されるからか、あるいは……認めたくないが、この世界が居心地いいからか。

だから、こんなふうにわけもなく起きてしまうのは珍しいことだ。起床アラームは午前六時にセットしてあるので、あと四時間しっかり寝て、朝からの攻略に備えなければ……と考えて目を閉じた、その時。

体にかすかな揺れを感じ、俺は顔をしかめた。

どうやら、目を覚ましてしまったのはこの振動のせいらしい。風か地震か大波か、それともアインクラッドが落っこちているのか。

「キリト君、起きてってば」

　いきなり耳許でそんな声が聞こえて、俺は「ふおっ!?」と叫びながら飛び起きようとした。だが体を五十センチばかり起こしたところでおでこが何かに激突し、紫色の閃光が派手に飛び散る。

「「いっ……!」」

　という声が、二つ重なって響いた。

　再び頭を枕に落下させた俺は、瞬きを繰り返して両目の焦点を合わせようとした。

　ベッドの右横に立ち、両手で額を押さえているのは我が暫定パートナーだった。この世界に痛みはないが、痛みが発生するであろう事象に直面すると、脳が幻の痛覚を作り出そうとする。ナーヴギアにはその幻痛さえも軽減するシステムがあるが、それでも不意を突かれて反射的に感じてしまう痛みまでは消せない。

　というわけで、俺とアスナはしばしゴッツンコの余韻に耐えてから、改めて顔を見合わせた。先刻の揺れの発生源は、地震でも強風でもなくこの人だったのだろう。

「……あの、いったい何を……?」

　恐る恐る訊ねると、細剣使いはしかめっ面で答える。

「キリト君が何度呼んでも起きないからでしょ。仕方なく揺すったら、いきなり飛び起きるんだもん」

「そ、それはすんませんっした……。で、なぜに起こそうと?」

「ちょっと早めに出発したいなーと思って」

「は……？」

時刻表示を見間違えたかと、慌てて再確認したがやはり午前二時過ぎ。カーテンの隙間から降り注ぐ仄白い光も、どう見ても朝日ではなく月光だ。

「……いくらなんでも早すぎないか？」

「そうだけど……色々考えてたら、眠れなくなっちゃって」

ぽつりとそう呟くと、アスナはベッドの端に腰を下ろした。薄いブルーのナイトウェアが、月明かりを受けて濡れたように光る。

「……秘鍵クエストは、わたしたちがダークエルフの拠点に行くまで再開されない。頭では、それは解ってるの。でも、キズメルはボタン一つで停止できるようなプログラムじゃないわ。わたしたちが訪ねていくまで、拠点でたった一人、お話が動き出すのを待ってなきゃいけない……」

「……そうだな」

再び上体を起こしてから、俺は頷いた。

アスナがそう考えるに至った理由は、きっと六層やこの七層で、本物の人間としか思えないほど高度な感情表現と思考力を持つＮＰＣたちと触れ合ったからだろう。ミィア、セアーノ、ブーフルーム、そしてキオとニルーニル。彼ら彼女らは、作られた世界であるアインクラッドで懸命に生きている。もちろんキズメルもそうだ。

四つの秘鍵をフォールン・エルフに奪われてしまったキズメルは、まさか投獄まではされていないだろうが、厚遇されてもいるまい。もし辛い状況に置かれているなら、一時間でも早く《六つの秘鍵》クエストを再開し、そこから解放してあげたいと思うのは当然のことだ。

──しかし。

「でも、アスナは一睡もしてないんだろ？　未知のフィールドを、夜中に睡眠不足で移動するのは不安だな……。せめて一時間だけでも寝ておかないか？」

俺の提案に、アスナはゆるりと首を横に振った。

「むり。これは眠れないやつ」

「眠れないやつっすか……」

その感じも理解はできる。寝なきゃ寝なきゃと思えば思うほど意識が覚醒してしまうという経験は、SAO以前には数えられないくらい、以後にも何度かはあった。

仕方ない、俺が気をつけていれば大丈夫だろうと考え、「ならすぐ出発するか」と言おうとした、その寸前。

「……でも、ちょっとだけ眠れるかも」

アスナがそんなことを言い出したので、俺は開いた口をいったん閉じてからまた開けた。

「なら、一時間経ったらリビングに集合……」

しかし言い終える前に、アスナがころんと右に倒れ込む。横向きのまま足をベッドに上げ、枕を一つ引き寄せて頭を乗せると、そのまま動かなくなる。

「…………」

そこで寝ないで自分の部屋に戻ってください——という言葉を俺は呑み込んだ。眠れない人が眠れそうな感じになったなら、邪魔をするのは悪逆非道の行いというものだ。

それに、アスナと至近距離で眠るのが初めてというわけでもない。コンビで攻略していれば、フィールドで一つのベッドロールを分け合って野営しなくてはならない場面だって有り得るのだから、こういう状況にも慣れていかねば。

かすかな寝息を立てているアスナから十センチほど距離を取り、起床アラームを午前三時にセットし直すと、俺はベッドに横たわった。

十秒後、「これは眠れないやつ」と声に出さずに呟いた。

9

一月六日、午前三時十分。

通常装備に戻った俺と暫定パートナーは、ウォルプータの中央階段を横並びで上っていた。左右の店舗は固く戸口を閉ざし、通りを歩く人影もない。怪しい酒場が並ぶ西階段ならまだ賑わっているだろうし、深夜限定のクエスト開始点も見つかる気がするが、いまは寄り道している場合ではない。

予定より三時間弱早く出発したとは言え、今日の攻略はなかなかのハードスケジュールだ。まずウォルプータから七層の中央部にある《揺れ岩の森》まで移動し、ダークエルフの拠点でキズメルと合流、秘鍵クエストを進める合間にナーソスの実を二十個集め、正午にはいったんウォルプータに戻らなくてはならない。恐らく、秘鍵クエストは途中で中断し、キズメルには拠点でしばらく待っていてくれるよう頼むか、あるいはウォルプータまで同行してもらう必要があるだろう。

ウルツ石集めはアルゴに任せられるとしても、やることいっぱいあるなあ……と思った瞬間、眠気の残滓が喉の奥から浮かび上がってきて、俺は「ふわ～～～」と大あくびした。

途端、隣をすたすた元気に歩いていたアスナが体を前傾させ、俺の顔を斜め下から覗く。

「キリト君、わたしの三倍寝たのにまだ眠いの？」

「三倍ってほどじゃないだろ、いいとこ二・五倍だ」

同じベッドであなたが寝ちゃったから熟睡できなかったんですよ、とは言えないので反問で誤魔化す。

「そっちは一時間しか寝てないのに、なんでそんなに元気なんだよ」

「んー、なんか一時間でけっこうすっきりしちゃった」

「……そりゃよござんした」

時代劇風に応じると、アスナは「苦しゅうない」と返してきた。ややテンション高めなのは寝不足だからではなく、もうすぐキズメルに再会できるという期待ゆえだろう。

もちろん俺も楽しみだ。しかし、アインクラッド攻略ももう七層。三層から始まったエルフ戦争キャンペーン・クエストは、九層で完結する。キズメルと一緒に冒険できるのも、長くてあと二、三週間でしかない。

いや、たとえキャンペーンが終了しても、九層のお城に行けばいつでもキズメルには会えるはずだ。だからアスナの気分に水を差すようなことは言わなくていい。デスゲームに囚われたこの状況で、貴重な楽しみを見いだせるならそれを大事にしてやらなくては。

などと考えた途端、頭の片隅でアルゴの「ニッヒッヒ」という笑い声が聞こえた気がして、俺はぶるっと体を震わせた。寝室でグースカ寝ている様子の彼女には書き置きを残してきたが、昼に合流したらからかいの言葉が一つ二つ飛んでくることは確実だ。しっかり心の準備をして、たまにはスカした返しを決めてやらねばならない。

　中二男子には難易度の高い会話を、ああでもないこうでもないとシミュレーションしていると、再びアスナが話しかけてきた。

「そういえば、リンドさんとキバオウさんはどうするのかな」

「どうって？」

「最終試合で賭けが外れて、全財産なくしちゃったんでしょ？」

「全財産ってことはないよ」

　苦笑しつつ答える。

「リーテンの話だと、ALSが最初に賭けたのは一万一千コルだったはずだ。大金っちゃ大金だけど、DKBは俺たちからギルドフラッグを買い取ろうとした時、三十万コル積んだんだぜ。ALSだって同じくらいの資金はあるだろうし、一万一千くらいならスッても勉強代と思って諦められるんじゃないか？」

「勉強代……」

　繰り返したアスナが、難しい顔で呟く。

「つまり、リンドさんとキバオウさんに虎の巻を売ったNPCのおじさんは詐欺師だったってこと？」

「詐欺師とはちょっと違うかな……。虎の巻はたった百コルだったらしいし、昼の部と夜の部合わせて十試合のうち九試合の予想は当たってたわけだし。その九試合で信用させて、最後の試合で大金を賭けさせて巻き上げる作戦なんだろうな。つまり詐欺師じゃなくて、カジノ側の回し者ってことかな」

「うーん……」

俺の説明を聞いてもまだ納得できないらしく、アスナは首を反対側に傾けた。

「でも、モンスター闘技場ってルーレットとかトランプゲームと違って、賭け金をお客同士で取り合うわけでしょ？　ニルーニル様が、カジノ側の収入は手数料一割だけって言ってたじゃない。だからキバオウさんたちが何万コル負けたとしても、儲かるのは他のお客でカジノ側は損も得もしないんじゃないの？」

「まったくそのとおり」

理解の早さに驚かされつつ頷く。

「だから、俺の想像が正しければ、客にもカジノ側の人間が混じってるんだろうな。キバオウたちが賭けたモンスターと違うほうに賭けて、そっちが勝てば大儲けってわけだ」

「ずっる！」

この上なく素直な感想を表明してから、アスナは「けど……」と続けた。

「それって、試合の勝ち負けをコントロールできるってことよね？　そんなの、両方のモンスターの調教師が……つまりコルロイ家のバーダンさんとニルーニル様が手を組んでないと不可能なんじゃないの……？」

「いや、そうとは限らないよ」

　何秒か前に同じことを考えた俺は、頭を整理しつつ言った。

「不正をしているのが片方だけの場合、必ず勝つのは難しいけど、わざと負けるのは可能だ。たとえば指定等級の中で最弱のモンスターを選ぶとか、事前に毒とかで弱らせておくとか……その手の仕込みをしたうえで、自陣のモンスターが勝つっていう予想を虎の巻に書いておけば、それを信じたキバオウたちが大負けするってわけだ」

「それでも、やっぱりおかしいよ。だって虎の巻には、それまでの九試合の予想も載ってて、全部当たったんでしょ？　まさかコルロイ家側のモンスターが全敗したわけじゃないだろうし、何試合は勝たないと……あ」

　そこで言葉を途切れさせたアスナに、俺はゆっくり頷きかけた。

「うん、それまでの試合では、勝つための不正もしてたんだろう。その一つが、ラスティー・リカオンの色替えトリックってわけだ。俺たちは見てなかったけど、たぶん他の勝ち試合でも、コルロイ家側は何らかのインチキをしてたんじゃないかな。この方法なら、勝ち試合の手数料一割だけじゃなくて、負け試合でも稼げるからな」

「……つまり、全試合が、ええと、こういうのなんて言うんだっけ……片方だけが不正をしてるやつ……」

「片方がわざと負けるのは片八百長だけど、コルロイ家はインチキで勝ってもいるからなあ」

「そっか……まあ、ともかく、許せないよ。ニルーニル様は自分の役割を一生懸命こなそうとしてるのに、コルロイ家はインチキで儲けることしか考えてないなんて」

憤慨するパートナーに、俺は「そこも含めてクエストの設定なんだよ」と言いかけ、寸前で呑み込んだ。

一ヶ月前の俺なら、まだ見ぬバーダン・コルロイは、このクエストを作った現実世界の誰かのシナリオどおりに動いているだけだと考えただろう。しかし、キズメルやミィアやセアーノはもちろん、俺たちから四本の秘鍵を奪ったフォールン・エルフの副将軍カイサラも、自分の意志で行動しているとしか思えなかった。だから、もしかしたらバーダンも、与えられたのは状況だけで、それ以外の全ては自ら選択、決定しているのかもしれない。

ニルーニルは言っていた。いまのバーダンはわずかな命を買うための大金をかき集めるのに夢中で、ほかのことは何一つ見えていない、と。それが単なるキャラクター設定でないのなら、彼はなぜそれほどまでに死を恐れるのか？　そして金で命を買うとは、具体的にどういう意味なのだろうか……？

「あ、キリト君、出口だよ」

その言葉に顔を上げると、正面にやや小型の門が見えた。いつの間にか中央階段を上りきり、ウォルプータの街の北門広場に到着したのだ。

真夜中なのに門は開け放たれ、その左右にいちおう衛兵の姿が見えるが、二人とも眠そうに頭をふらふらさせている。無理もない、彼らが真剣に門を守ろうが守るまいが、フィールドをうろつくモンスターはシステム障壁に阻まれて、街の中に入ってくることは絶対にないのだ。ある意味これほど空しい仕事もあるまい。

などと考えたせいか、俺は衛兵たちの前を通り過ぎる時、無意識のうちに「お疲れさま」と声をかけてしまった。すると、片方の衛兵は居眠り状態のままだったが、もう一人が顔を上げ、「夜道は危険だぞ、気をつけてな」と返してきた。それに対して、アスナが「ありがとう」と笑顔で応じる。

瀟洒だが堅牢な造りの門をくぐり、街の外に出る。視界中央に【Ｏｕｔｅｒ　Ｆｉｅｌｄ】という文字列が浮かび、消える。

眼前の草原を渡ってくる夜風を吸い込み、思い切り伸びをしていると、アスナが怪訝そうに言った。

「キリト君って、街の衛兵さんに挨拶する人だっけ？」

「いや、まあ、たまには……」

「ふうん。さっきの人、一瞬ビクッとしてたよね。きっと居眠りしてたこと偉い人に怒られると思ったんだよ」

くすくす笑うアスナを見て、これからはなるべく衛兵にも挨拶していこうと考えながら俺は月明かりに照らされた街道を歩き始めた。

アインクラッド第七層は、基本的に南側が草原地帯、北側が山岳地帯となっている。主街区から迷宮区へ向かう道は大きく曲がりつつそのどちらかを通るので、ほとんどのプレイヤーは――そしてＮＰＣも、中央部に足を踏み込むことはない。

そのせいか、ウォルプータからまっすぐ北に向かう街道はすぐに舗装の敷石がひび割れ始め、やがて赤土が剝き出しになってしまった。こういう道は雨が降ると転倒判定が厳しくなるが、しばらくその心配は必要なさそうだ。

昼間のハチやヤリカブトに代わって出現する、ガやクワガタ系のモンスターを撃破しながら慎重に進む。現実世界ではカブトムシも夜行性昆虫だった気がするが、体長五十センチもある虫に生物学的正確性を求めても仕方あるまい。

三十分ほど歩いた頃、フィールドの様子が変わり始めた。

緩やかな丘を覆っていた短い下生えが徐々に深くなり、木の数も増えてくる。やがて前方に、小道を挟むようにそびえるひときわ大きな広葉樹が二本、姿を現す。

不意に生温い向かい風が吹き抜け、二本の木がざわざわざわ……と葉を鳴らした。いかにも「この先危険！」と言わんがばかりの演出だ。これで用心しないプレイヤーは、デスゲームでなくともいないだろう。

アスナに警告するべく口を開いたが、一瞬早くパートナーが発言した。

「ヤマナラシだわ」

「……は、はい？」

七層にそんなモンスターいたかな、ていうかどこに……と思いながら素早く周囲を見回すが、敵の気配はないし赤カーソルも見えない。なおもきょろきょろしていると、アスナが呆れ声で言った。

「モンスターじゃないわよ、あの木の名前」

「え……」

再び、門番のようにそびえ立つ二本の木を見上げながら訊ねる。

「あの木、ヤマナラシって言うの？　現実世界にもあるやつ？」

「あるやつ。葉っぱの密度が高いから、風が吹くと大きな音がするのよ。だからヤマナラシ……もしかしたら別名のハコヤナギのほうが有名かもしれないけど」

「あー、そっちは聞いたことあるかも。——そういやアスナは、四層のヨフェル城に生えてた木の名前も当ててたな」

「あれは先にキズメルがジュニパーの木だって教えてくれたのよ。わたしはジュニパーの和名がセイヨウネズだって言っただけ」

　そう答えたアスナの口許に微笑が浮かんだが、すぐに消えてしまう。またキズメルのことが心配になったのだろう。俺も先を急ぎたいのはやまやまだが、ここからはモンスターの他にも危険が待ち構えている。

「えーと、この先の《揺れ岩の森》だけど、いっこ注意しなきゃならないのが……」

「岩が揺れるんでしょ」

　先回りでそう言われれば頷くしかない。

「はい、そうです」

「ごめんごめん」

　苦笑したアスナが、俺の右腕をぽんと叩いた。

「岩が揺れるって、具体的にどういうことなの？」

「えーと……」

　空中に両手で球体を作りながら、語彙力の限りを尽くして説明する。

「揺れ岩の森は、地面が湿地になってて歩きづらいし、時々思い切り深くなってる場所もある。そこに、でっかい岩が並んだ道が通ってるんだけど、その岩がたまにグラッとくるんだよな。岩の上から地面までは二、三メートルくらいだし、下が湿地だから落ちてもほとんどダメージは受けないけど、岩の上に戻るのが大変だし湿地を歩いてると……まあ、ともかく、揺れそうな岩はよく見れば判るから注意して行こうぜってことで」

説明を終え、歩き出そうとした俺の右腕を、アスナが今度はぐっと摑んだ。

「ちょっと待って」

「は、はい？」

「いま、何か省略したでしょ。湿地を歩いてると、の先、何を言おうとしたの？」

「……………えーと」

思わず口ごもってしまうが、この流れで我がパートナーを誤魔化すのは不可能であることを、俺もすでに学んでいる。

「その、湿地の水の中には、さっき言った底なし穴の他にも、半透明でニョロニョロヒラヒラした、ヤマトメリベみたいなやつが……知ってる？　ヤマトメリベ」

「……………知らない」

味わい深い表情で否定するアスナの左肩を、俺はぽんと叩いた。

「だったら、現実世界に戻ってから検索してみてくれ。岩から落ちなければ何の問題もない」

「……………そうする」

頷くパートナーに微笑みかけ、俺は今度こそ移動を再開した。

二本並んだヤマナラシの間を抜け、小高い丘を越えると、前方に黒々とした木立が見えた。あの森の中央に、黒エルフの砦がある。敵対する森エルフの拠点はフロア北西部の外周近く、険しい山道を抜けた先で、そちらもなかなかの難路だがもちろん俺たちが通る必要はない。

時刻は午前四時。夜明けはまだ遠い。

アスナも同じことを考えたのか、隣を歩きながら言った。

「森の中、暗そうだね。松明出したほうがいい？」

「いや、いらない……と思う」

「なんで？」

「森に入ってみれば解るよ」

という答えを聞いたアスナは、不満そうに口を尖らせたが、それも森に足を踏み入れるまでだった。

俺たちが突破してきたヴェルディア草原と、揺れ岩の森との境界線は、現実世界の地形では有り得ないほどくっきりとしている。丘を下った先には高さ二十メートルはありそうな木立が壁となって連なり、そこにあたかもダンジョンの入り口のような隙間が黒々とした口を開ける。

小道はその隙間に吸い込まれ、先に光はまったく見えない。

「……やっぱり、明かりが必要なんじゃない？」

「まあまあ」

パートナーをなだめつつ坂を下り、木立の隙間に突入。背後からの月光はたちまち遠ざかり、二メートル先も見えないような闇が俺たちを包む。気温もはっきり解るほど下がり、夏の夜の蒸し暑さが完全に消え失せる。

ほとんどのプレイヤーは、この時点で松明なりランタンに着火するだろう。俺もベータ時代はそうした。しかし、今回は暗闇がもたらす原始的恐怖に耐えながら、木立に挟まれた隘路を歩き続ける。

やがて俺たちの足音が、乾いた土を踏むざくざくとした音からコツコツと硬い音に変わる。地面が岩に変わってきたのだ。二つの足音に混ざり込むさらさらとした響きは、水が流れる音。

「………あ」

アスナが小さく声を上げた。行く手にぼんやりとした薄緑色の光が灯ったのだ。近づいていくと、光っているのは木の幹から生えた数本のキノコだった。現実世界にもヤコウタケという発光性のキノコがあるが、それよりやや大きく、光も強い。

光るキノコの前で立ち止まったアスナが、指先で電球のように丸いカサを軽くタップした。出現したウインドウには、【オクリビダケ】という固有名が記されている。

「オクリビダケ……現実世界にはないやつよね？」

振り向いたアスナの問いに、小さく頷く。

「俺が知る限りでは」

「送り火って、お盆の終わりに焚く火のこと？　京都の五山送り火とか」

「そうなんだろうな……」

つまりこのキノコは、現世に戻ってきた霊をあの世に送るために光っているというわけだ。

縁起がいい名前とは言えないが、こいつが生えていなければ揺れ岩の森の攻略難易度は三倍に跳ね上がる。

　体を起こしたアスナが、再びかすかな声を漏らした。前方に、少し前までは存在しなかった緑色の光が二つばかり、仄かに輝いている。

　そちらに近づくと、光はまるで俺たちを導くように、次々と灯っていく。何も知らなければ罠を疑うところだが、キノコたちは自分の意思があるわけでも、制御されているわけでもない。プレイヤーやNPCが近づくか、近くの同種が発光すると、それに反応して光り始めるだけの存在だ。

　緑色の光を追いかけて歩くこと数分。突然、左右の木立が途切れた。オクリビダケの誘導灯もなくなり、目の前には漆黒の闇が広がるばかり。

「……え、もう森を抜けたの？　まだ何分も歩いてないのに」

　途惑うアスナを、右手で立ち止まらせる。

「ちょっと待っててみ」

「うん……」

　二人並んで、じっと静止していると――。

　右斜め前方に、オクリビダケの光が灯った。

　それに反応して、少し離れた群生が光る。その先でまた光る。発光の連鎖はとめどなく続き、やがて星空と見まごうほどの規模となって、広大な空間をペールグリーンの輝きで照らし出した。

「わぁ……！」

叫んだアスナが一歩前に出たので、俺は慌ててチュニックの裾を掴んだ。

目の前に広がるのは、とてつもなく巨大な木々とその枝葉によって作られた天然の回廊だ。幅と高さは約三十メートル、奥行きは見ただけでは解らない。俺たちが立っているのは上部が平らになった柱状の岩で、三メートルほど下の地面は、澄んだ水と水生植物に覆われている。巨樹の梢が密に折り重なった天蓋からはツタ類が無数に垂れ下がり、その隙間を大型のチョウがゆっくりと飛ぶ。

水と木の回廊の真ん中を、岩の柱が連なってできた小道がまがりくねりながら奥へと延びる。それらがオクリビダケの緑色の光に照らし出されるさまは、幻想的のひと言だ。

無言で立ち尽くすパートナーのチュニックを離すと、俺はストレージから松明を取り出した。気付いたアスナが、怪訝そうに訊いてくる。

「え……こんなに明るいんだから、もう必要ないでしょ」

「まあ、見ててみ」

左手に持った松明をタップし、メニューから着火する。

オレンジ色の炎が燃え上がった途端、いちばん近いオクリビダケ群生の燐光が消えた。その現象は急速に連鎖し、回廊を照らしていた緑色の光は十秒もかからずに全て消え失せてしまう。視界は濃密な闇で満たされ、松明の光が数メートル先の石柱を頼りなく照らすのみ。

「なるほど……オクリビダケ、他の光があると光らないのね」

呟くアスナに、俺は燃える松明の持ち手あたりをタップしながら応じた。

「そういうこと。だから、森の入り口ですぐ明かりを点けちゃうとキノコが光ることにずっと気付けなくて、この暗さの森を突破する羽目になるんだ。まあ、やってできないことはないと思うけどね……」

開いたウインドウから消灯ボタンを押すと、炎が急激に小さくなり、ふっと消える。

数秒後、最も近いオクリビダケ群生が緑色の燐光を宿した。発光現象は静かに、しかし急速に連鎖し、やがて回廊全体が再び淡いグリーンに照らし出される。

松明をストレージに戻した俺は、二人の足許から一列になって連なる岩の柱を指差した。

「……で、これがダンジョン名の元になってる《揺れ岩》なんだけど、だいたい……そうだな、七個に一個くらいの割合で揺れる」

「揺れるって、どれくらい揺れるわけ？」

いま立っている岩を爪先でつんつんしながらアスナが訊いてきたので、俺はベータテスト時の感覚を思い出そうとした。

「えーと……グラッ！　てほどじゃないかな。グラリとゴロリのあいだくらい」

「………擬態語抜きで」

「え～と……まあ、揺れると解ってればバランス取って踏ん張れるくらい」

「揺れ岩をどうやって見分けるの？」

「言葉じゃ説明しづらいから、実際に違いを見せるよ」

そう答えると、俺は次の岩へと移動した。アスナも及び腰でついてくる。

円柱状の岩は、高さこそ水面から約三メートルで統一されているが、太さにはかなりの差がある。小さいもので上面の直径が約五十センチ、大きいと一メートル以上。しかし大きければ安定しているというわけでもないのがやっかいなところだ。

「これは大丈夫……これも大丈夫……」

声に出しながら、俺は柱から柱へと渡り歩いていく。五本目、六本目、そして七本目の柱を踏もうとした時。

「おっと、これだ」

前に出しかけた足を引っ込めると、俺はしゃがんだ。

「ほら、ここ見てみ」

指差したのは、柱と柱のつなぎ目。いままでの柱が、接触部分は互いにがっちり食い込んでいたのに対して、七本目の柱はわずかに離れている。隙間はほんの三センチ程度なので、真上から意識して覗き込まないと気付けない。

「こういうふうに、他の柱とちょっとだけ離れてるやつが《揺れ岩》だ。他にも見分けるポイントがあるけど、めちゃくちゃ微妙な違いなんで隙間で判断したほうが確実かな」

「……わかった」

「じゃあ、まず俺が乗ってみるから、バランスの取り方を見ててくれ」

「だ、大丈夫なんでしょうね？」

「平気平気」

たぶんね、と心の中で付け加え、両手を少し広げながら右足を前に出す。

揺れ岩の直径は七十センチほど。その中心線にブーツの底を載せ、慎重に踏み込んでいく。体重を半分掛けた時、岩がわずかに右へ傾く感覚があった。喩えるなら、緩い地盤に浅く打ち込まれただけの杭のような……いや、実際にそれが揺れる原因なのかもしれない。

重心を微調整し、えいやと右足に全体重を乗せる。岩は微妙にぐらぐら揺れ続けているが、どちらかに大きく傾くには至らない。全神経を集中してバランスを取りながら、左足をそっと前に出し、中心線に乗せる。左足に体重を移し、右足を浮かせて、次の岩に降ろす。

「よっ……」

左足も引き戻すと、俺は長めに息を吐いた。ベータ時代にはひょいひょい渡れるくらいまで熟達したはずなのに、たった四ヶ月でテクニックが失われてしまったようだ。何度も通ることになるはずだし、また一から練習せねばと決意していると。

「なるほどね。ちょっとそこ空けて」

二つ前の柱にいるアスナにそう言われ、俺は次の柱のすぐ手前まで進んでから振り向いた。

「渡れそうか？」

「要は、真ん中の線に体重を乗せればいいんでしょ」

さして緊張した様子もなくそう答えると、アスナは揺れ岩に左足を乗せた。

つまり俺の利き足は右、アスナの利き足は左ということかな……などと考えているあいだに、アスナはすっすっと両足を交互に動かし、傍目には岩をまったく揺らすことなく渡り切った。俺が立っている岩の真ん中で立ち止まり、にまっと笑う。

「いまの何点？」

「九十九点でございます」

「……一点マイナスの理由は？」

「先生より上手かったから」

という答えを聞いたアスナは、ふんと鼻を鳴らすと次の柱を見た。

「あれ……次のも揺れ岩？」

「ん……あ、ほんとだ」

足許を見下ろすと、俺たちが立っている柱と次の柱の間にもわずかな空間がある。

「揺れ岩の割合、七個に一個って話はどうなったのよ」

「そ、それは平均すればの話だよ。こういうふうに固まってるところも、逆にしばらく出てこないところもあるさ」

「解ってます。——わたしが先に渡るわよ」

「どうぞどうぞ」

俺は二歩横にずれ、回廊の天蓋を見上げた。

この《揺れ岩の森》は、モンスターの出現頻度はかなり低いがまったく湧かないというわけでもない。たまに天蓋から巨大カゲロウや巨大ナナフシや巨大スカイフィッシュが舞い降りてくるので、そのタイミングが揺れ岩渡りと重なるとちょっと焦ることになる。

しかしいまのところ、上空では非アクティブモンスターの巨大チョウチョが数匹、のんびり羽ばたいているだけだ。視線を戻すと、アスナが今度も危なげない足取りで揺れ岩を通過するところだった。

さっきより大きめな岩を四歩で渡り終え、次の岩にぴょんと飛び移る——その刹那。

「————！」

俺は大声で警告しようとして、寸前で思いとどまった。びっくりさせたら逆効果だ。自分で気付いてくれることを祈るしかない。

次の柱も、揺れ岩であることに。

トトッと小さな足音とともに着地したアスナは、しかし恐らく俺のために場所を空けようとしたのだろう、大きく一歩右にずれた。瞬間、岩がぐらりと傾く。

「アスナ！」

今度こそ叫んだ俺の声に、「えっ⁉」という驚きの声が重なった。

アスナは懸命に踏み留まろうとしたが、二十度以上傾いた岩の上でバランスを崩し、虚空へと放り出された。

心臓が縮まり、手足が瞬時に冷たくなる。だがまだ大丈夫だ。下は水深五十センチ足らずの湿地なので、落下ダメージは吸収されるし、溺れる危険もない。落ちた場所が底なし穴という万に一つの不運がなければ、だが。

まったく予想外の展開だろうに、アスナは悲鳴を上げもせず空中で姿勢をコントロールし、伸ばした両足から着水した。どぽっ、と控えめな水音を響かせながら両膝を曲げ、衝撃を吸収。俺の視界に表示されたHPバーは一ドットも減っていない。

「………………ふう……」

安堵の息を漏らしてから、俺はパートナーに呼びかけた。

「アスナ、平気か⁉」

細剣使いは着地姿勢のまましばらく静止していたが、ゆっくり立ち上がると俺を見上げた。

「……大丈夫だけど、お尻が濡れたわ」

「そ、そうか。水から出ればすぐに乾くよ。いまロープを下ろすから、そこを動くなよ」

「了解」

　しかめっ面でサムズアップするアスナに左手で同じサインを返しつつ、右手でウインドウを開く。

　俺もベータ時代、少なくとも三回は揺れ岩から落ちた。ソロプレイだとリカバリーするには回廊の入り口まで戻り、切り立った岩肌に刻まれた狭い階段を上るしかない。しかしパーティープレイなら、仲間に引き上げてもらえるわけだ。

　フル装備のプレイヤーが三人ぶら下がってもびくともしない《ネフィラ糸のロープ》をオブジェクト化し、輪っかになった先端をアスナ目掛けて投下しようとした——その時。

「ひにっ」

　と細い声を漏らしたアスナが、両腕を胸の前に引きつけ、まっすぐ棒立ちになった。

「ど、どうした⁉」

「い……いま、足に、何かが……」

　慌てて岩から身を乗り出し、アスナの足許を注視する。オクリビダケの燐光は、揺れ岩の橋を渡るには充分な照度があるが、湿地の水中までは届きにくい。

　それでも両目を思い切り見開き、揺れる水面を睨んでいると、アスナのブーツのすぐ近くをゆらりと通過する影が見えた。直後、カラーカーソルが浮かび上がる。色はごく薄いピンク。固有名は【Ｈｅｍａｔｏｍｅｌｉｂｅ】。

詰めていた息を少しだけ吐き出してから、俺は再び叫んだ。

「アスナ、動くな！　そのモンスターはキモいけど一匹なら危険はほぼない！」

「ほぼって……うひゃい！」

語尾がおかしなことになったのは、ヘマトメリベがアスナの右足をにょろにょろと這い登り始めたからだ。

全長五十センチほどの、細長い軟体生物。体は半透明で、中央部に黒っぽい消化管が透けて見える。背中にはひらひらした突起が何対も並び、頭からはぴろぴろした触覚が無数に伸びている。

「ちょっ……むりむりむりむり！」

アスナは全身を限界まで仰け反らせつつ悲鳴を上げたが、自力で引き剝がそうとはしない。いや、できないのか。どちらであれ、いまは耐えてもらうしかない。

ベータ時代、七層で初めてこのモンスターと遭遇したあとで、俺はヘマトメリベなる名前を検索してみた。完全一致する単語はなかったものの、途中で分割するとおおよそ意味が解った。メリベというのはウミウシの一種の学名、ヘマトは血を意味する接頭語。そのまま直訳すれば《血ウミウシ》か。

さらに検索したところ、本物の海には先刻アスナに教えた《ヤマトメリベ》というウミウシがいるということも解った。アインクラッドのヘマトメリベは、そのヤマトメリベをもじったネーミングなのだろうが、Ｈｅｍａｔｏという接頭語にも相応の意味が与えられている。

「むりむり！　無理いいい！」

叫ぶアスナの右足をにょろにょろよじ登っていた巨大ウミウシは、膝上十五センチあたりで停止した。頭から生えた無数の触覚を、ブーツとスカートの間の太ももに、あたかも検分するかの如く這い回らせる。

「ひゃっ……」

「もう少し頑張れ！　そいつ、ちょっと血ぃ吸うだけだから！」

という俺の励ましは、しかし完全なる逆効果になってしまった。

「みっ……みにゃあああああああ!!」

回廊の隅々まで届くほどの絶叫を迸らせたアスナは、右手でヘマトメリベの背中を鷲掴みにすると、力任せに引き剝がし、目の前の石柱に叩き付けた。

べしゃっ！　とおぞましい音を立てて半透明の体が破裂した。うっすら見えていた消化管も千切れ、中から赤黒い粘液がドロリと垂れて湿地の水に溶けていく。直後、岩肌に残っていた気色悪い残骸が、青い破片となって飛散する。

　ヘマトメリベは、七層に出現するモンスターの中では圧倒的に弱い。防御力はないに等しく、ＨＰも雀の涙、攻撃手段は遅々とした吸血だけ。甚だ不快なことを除けば、恐れるに足らない相手だ――それが単体ならば。

「やばっ……」

呟きながら、俺は躊躇なく岩の柱から飛び降りた。先刻のアスナよりいくらか大きな水音を立てて着地し、立ち尽くすパートナーに呼びかける。

「アスナ、大丈夫か⁉」

「う、うん……」

頷いた細剣使いは、二回瞬きしてからきゅっと眉を寄せた。

「ていうか……キリト君まで降りてきちゃったら、誰がわたしたちを引き上げるわけ？」

「また入り口から出直しだ。急いで戻るぞ！」

アスナの右手を摑み、振り向いた俺は、思わず舌打ちした。水面の少し上を、薄ピンク色のカーソルが三つ、滑るように近づいてくる。当然、その真下の水中には新手のヘマトメリベがいるわけだ。

「キリト君、右からも……後ろからも来るよ！」

アスナの声に、俺は摑んだ手を離した。

「さっき死んだヤツの血に呼び寄せられたんだ。移動は中止、ここで戦う！」

「でも、前の三匹だけ倒せば……」

「水中のヘマトメリベを正確に狙うのは無理だ。手間取ってると何十匹にもたかられて、重さで起き上がれなくなる。そうなったらこの浅さでも水死の危険がある」

限界の早口で説明すると、アスナはそれ以上反論せず、「了解」とだけ答えた。

二人同時に剣を抜き、連なる石柱を背負って立つ。これで、ヘマトメリベの攻撃を三方向に限定できる。

「こいつらは仲間の血で興奮状態だから、水中からジャンプして直接貼り付こうとしてくる。そこを順に処理するんだ。ソードスキルを使うのは、複数同時に来た時だけだ」

「了解！」

アスナが再びそう言った直後、俺の正面とアスナの右斜め前方でばしゃっと水面が破れた。

背中の突起を翼のように広げて飛びかかってくる吸血ウミウシを、俺は斜め斬り、アスナは直突きで迎え撃つ。脆弱な軟体は、通常技の一撃であっけなく切断され、水面に落下してから青いパーティクルを散らす。

再び、二匹のヘマトメリベが同時にジャンプした。今度も危なげなく斬り落とすが、ここでアスナが低く囁いた。

「こいつら、仲間の血に引き寄せられるなら、殺せば殺すほど集まってくるんじゃないの？」

「そのとおり。……っと」

俺の左で、二つのカーソルが立て続けに跳ねた。同時に襲ってくる二匹の軌道を落ち着いて見極め、単発縦斬り技《バーチカル》で吹き飛ばす。直後、アスナにも一匹飛びかかったが、目にも止まらぬ突き技で粉砕される。

本来、ヘマトメリベのような軟体モンスターに最も有効なのは打撃属性武器で、斬撃、刺突、貫通の順に効果が薄くなる。俺の現愛剣《ソード・オブ・イヴェンタイド》は斬撃属性なのでまあまあ効くが、アスナの《シバルリック・レイピア》は刺突属性ゆえ、普通なら通常技での一撃確殺は難しい。

しかし、もともとハイスペックだったのにダークエルフの鍛冶師に+7まで強化してもらったことで、三層で入手したこの武器は、七層まで来てもまだ抜きん出た攻撃力を発揮している。縦に貫かれたヘマトメリベが、空中で輪っかになって弾け飛んでしまうのがその証だ。しかもこのレイピアは、まだ強化試行回数を八回も残しているのだ。

それに全て成功して、+15に到達したらいったいどうなってしまうのか。見てみたいと思ういっぽうで、そこはかとない不安も感じてしまう。もちろんアスナと剣を交えるような場面を想像しているわけではなく、バランスブレイカーとさえ言えるほどのスペックに達した武器を、攻略集団の面々が……そしてPK集団の奴らが放っておいてくれるのかどうか――。

「うわわ……いっぱい来たよ！」

アスナの声に、意識を湿地の水面へと集中させる。遠くから、二十を超える数のカーソルが接近してくる。

「やることは同じだ！　万が一貼り付かれても、慌てずに左手で引っぺがして後ろの壁に叩き付ければいい。パニックにさえならなければ、絶対に生き残れる！」

ベータテストで同じ経験をした俺がそう言い切ると、アスナは少し落ち着きを取り戻した声で応じた。

「了解。あとでちょっとお話があります」

なんだろな～、と思う間もなく前方で立て続けに水面が割れ、新たな吸血ウミウシが次々と飛びかかってくる。それを俺は斬り払いで、アスナは直突きで撃墜していく。

鏡のように輝くレイピアが、薄闇をジグザグの残光で彩る。突きがあまりに速すぎるせいで、反射光のエフェクトが消えずに繋がるのだ。

アスナというプレイヤーの強さは、シバルリック・レイピアのスペックだけに依るものではない。アスナ自身の戦闘技術も、層を上るたびに一足飛びの進化を遂げている。いまはまだ、ＳＡＯのシステム面やモンスターに関する知識量に差があるので俺が指示する場面が多いが、その差もあと三フロア――十層をクリアする頃には埋まるだろう。

レイピアがちかっと煌めくたび、空中でヘマトメリベが円筒状に分解されていく。半透明で不定形でぐにょぐにょしたウミウシの正中線を正確に貫かなければこうはならない。卓越した集中力と身体操作能力、そしてフルダイブ技術との親和性を兼ね備えているからこそ可能な、まさに神業だ。

やはりアスナは、俺のようなはぐれ者の攻略パートナーに甘んじず、もっと高いステージに進んでいくべき人材だ。

という確信と同時に、これまではあまり感じたことのない躊躇い、いや執着のようなものを自覚する。この才能をずっと傍で見ていたい、誰にも渡したくないという独占欲。現実世界では誰とも一定の距離を保ち、家族でさえ頑なに遠ざけていた俺が、仮想世界に囚われて初めてこんな感覚を知るというのはまったく皮肉な話だ。

頭の三割ほどをそんな想念に支配されつつも、俺は止めどなく集まってくるヘマトメリベを上下と左に斬り捨て続けた。ベータテストでまったく同じ状況に陥った時は、いつ果てるとも知れない波状攻撃に精神力を削られたが、その経験によって一定範囲内のヘマトメリベを全て倒せばこのラッシュが終わることが解ったし、いまは隣に頼もしい相棒もいる。

戦闘開始から数分は、交互に声で敵の位置を知らせていたが、やがてそれも必要なくなった。俺とアスナは、視界の端に映るわずかな動きやかすかな呼吸音でパートナーの攻撃タイミングを予測し、お互いをカバーしつつ三方から押し寄せる敵を処理し続けた。

いつしか焦りも恐れも、時間の感覚すらもなくなり、半ばトランス状態で剣を振るい続け——ふと気付くと、一時は水面を埋め尽くすようだったカラーカーソルは、全てが幻だったかのように消滅していた。

それでも剣を構えたまま、思考停止状態で数秒間立ち続けてから、やっと体の力を抜く。

隣を見ると、アスナも瞳にどこか茫洋とした光を浮かべていたが、何度か瞬きするとこちらを見た。

「…………終わり？」

「…………たぶん」

念のために再度周囲を見回してから頷くと、細剣使いは右手に握ったレイピアの刀身を検分するように眺め、言った。

「柔らかいモンスターで良かったわね。耐久度は大して減ってないわ」

「あ、ああ……確かに。結局何匹倒したんだろ……」

「五十くらいで数えるのやめちゃった」

内容があるようなないような会話を交わしているうちに、やっとトランス状態の余韻が抜け、俺はぶるっと頭を振った。

「まあ、ともかく、お疲れ。ナイスファイト」

右拳を突き出すと、アスナが左拳をこつんと合わせてくる。

「キリト君もお疲れ様。……それと、ごめんなさい」

「何が？」

「指示どおりにできなくて。最初の一匹の時、言われたとおりにじっとしてれば、あんな大群を引き寄せることもなかったのよね」

いつになく悄然とした様子でアスナがそんなことを言うので、俺は慌てて否定した。

「い、いや、あれはアスナのせいじゃないよ。俺がヘマトメリベの見た目とか性質とかを最初にちゃんと伝えてれば……」

そこでふと、戦闘前にアスナが言っていたことを思い出す。

「……もしかして、さっき言ってた『あとで話がある』ってやつ、その件？」

恐る恐る訊いた途端、細剣使いの全身を包んでいたしおらしさが白い湯気となって蒸発した――気がした。

「あっ……そうよ、その件！　キリト君、どうせわたしが気持ち悪がると思って言わなかったんでしょうけど、そういう気遣いもうやめてよね！　キモワルモンスターへの耐性が低いのは認めるけど、それで進むのやめようとか言うつもりはないから！」

「んぐっ……」

「……オバケモンスターの話もしていいの？」

俺の問いかけに、アスナは喉が詰まったような音を漏らして固まったが、やがて少々ぎこちなく頷いた。

「い、いいわよ。事前情報なしでいきなり出てくるよりマシだから。……ちなみに、ここには出るわけ？」

「でー…………」

三秒ほど引っ張ってから、俺は両腕でバツ印を作った。

「ません！」

神速で放たれたアスナの左ストレートが、ぎりぎりダメージを発生させない程度に俺の肩を打ち抜いた。


ウミウシがいなくなった湿地をざぶざぶ歩いて回廊の入り口まで戻り、壁面に刻まれた階段で岩のテラスに復帰した俺たちは、改めて橋渡りに挑んだ。

どうやらベータテストより揺れ岩の数が増えているようで、二連続どころか三連続になっている箇所もあったが、真ん中を歩くという基本さえ守っていれば軽装の俺とアスナにはさほど難しいギミックではない。上空から舞い降りてくる昆虫型モンスターも、固定岩に乗っているほうが投石でターゲットを取る作戦で難なく処理しつつ、二十分ほど進むと行く手に目的地が姿を現した。

「わあ……!!」

アスナが、最初に回廊を見たときよりも二割増しの歓声を上げる。

無理はない。眼前に広がるのは、もしアインクラッド百景を編纂するなら必ず採用されるであろう絶景だ。

俺たちが南から進んできた回廊は、前方で北、東、西からの回廊が合流した円形のドームになっている。そしてその中央に威風堂々とそびえ立つのは、直径五十メートルはありそうな、凄まじく巨大な木。三層主街区ズムフトのお化けバオバブがおよそ直径三十メートルだから、がこれまでに見たそれの三倍近い。

樹齢千年と言われても納得してしまうほどの威厳を湛えた巨木は、根元近くに大きなウロが口を開けていて、その奥に木製の門が見える。幹のあちこちにも無数のウロがあり、そこから緑がかった光が漏れる。ズムフトのバオバブと同じく、空洞になった巨木の内部に居住空間が築かれているのだ。

棒立ちになったまま動かないアスナに、俺は小声で語りかけた。

「あれが七層のダークエルフの拠点、《ハリン樹宮》だよ」

百メートルほど残っていた橋を無事に渡り終えた俺たちは、岩の柱がハニカム状に集まってできた広場に飛び移ると、ふうっと息を吐いた。

広場の左右からは他の回廊に繋がる円弧状の橋が延び、前方にはハリン樹宮の正門となる、高さ十メートル近い天然のウロが巨大な口を開けている。ウロの内部に見える門は、素材違いの木材が矢筈模様に組み合わされていて、それ自体が一つの芸術品のようだ。

「……あそこに、キズメルが……」

呟くアスナの背中を、俺は軽く押した。

「さあ、行こうぜ。きっと俺たちを待ってるはずだ」

「……うん」

頷き、歩き始める相棒を追いかけながら、現在時刻を確認。午前五時七分——ウォルプータからここまで二時間近くかかってしまったが、湿地の入り口あたりで引き返せば、ニルーニルが言っていたとおり往復三時間というところだろう。

クエスト目標であるナーソスの木は、湿地のどこかに生えているはずだ。どうせ下に降りてヘマトメリベを殲滅したならついでに探す選択肢もあったが、これ以上の寄り道はアスナが望まないだろうし、俺だって一刻も早くキズメルに会いたい。

岩の広場を足早に突っ切り、ハリン樹宮の根元でいったん立ち止まる。ここまで近づくと、上を見ても視界に入るのは、壁のように切り立つ樹幹と遥か上空に広がる枝葉だけだ。

「……現実世界にあるいちばん太い木って、どれくらいのサイズなのかな……」

答えを求めたつもりではなかったのだが、俺の疑問にアスナがすぐさま答えた。

「メキシコにある《トゥーレの木》……だったはずよ。根元の直径が十五メートルとかだったかな」

「よ、よくご存じで。……十五メートルも凄いけど、こいつはその三倍以上ありそうだな」

「そうね……。キズメルに訊けば、来歴を教えてくれるんじゃない？」

「確かに」

一瞬顔を見合わせてから、前進を再開する。

岩の道は、俺たちの身長より高い二本の根の間を通って正門まで続いている。道の左右にはこれも木製のかがり火台が並ぶが、てっぺんの籠から放たれている光は、炎のオレンジ色ではなく薄い緑色。光源として、例のオクリビダケが栽培されているらしい。

　やがて、道は高さ五メートル以上あるウロに呑み込まれる。矢筈模様の門はもう目の前だ。隙間なく閉ざされた二枚の門扉は、恐らく押しても開かないだろう。付近に衛兵の姿は見当たらないし、六層のガレ城の時と違って、しばらく待っても誰何の声は降ってこない。

「あれ、変だな……。ベータテストの時は、近づいただけで門が開いたはずなんだけど……」

　眉をひそめながら言うと、アスナはこれ以上我慢できないとばかりに一歩前に出て、左手の人差し指に嵌めた大型の指輪――シギル・オブ・リュースラを高く掲げた。

「わたしたち、リュースラ王国エンジュ騎士団の近衛騎士キズメルに協力している人族の剣士です！　彼女に会うためにこの地を訪れました、門を開けてください！」

《クエストの文脈》に則った、見事な口上だ。我が相棒の、ＶＲＭＭＯプレイヤーとしての成長を勝手に実感していると、ごごん……と重い音が響いた。

　巨大な門が、ゆっくり左右に開いていく。文字どおりの門前払いは回避できたようだ。ほっとしながら、分厚い門扉を観察する。どうやら表面だけでなく骨組みも、さらには開閉のための歯車類まで木造らしい。エルフ族は生木を伐れないはずなので、これほど大量の材料を立ち枯れや倒木だけで集めるのにかかった時間は想像もできない。

　門が完全に開くには十秒ほどかかった。内側に目を凝らすが、ずっと奥にオレンジ色の光が一つ弱々しく揺れているだけで、ほぼ真っ暗だ。

「あれ……でっかいホールになってた記憶だけどなあ」

「行けば解るでしょ。ほら、早く！」

アスナに右腕を引っ張られ、俺は慌てて足を動かした。

開け放たれた門をくぐり、暗闇の中に踏み込む。後ろから届くオクリビダケの光が、木製の床をかろうじて照らしているがそれ以外は何も見えない。

とりあえず、正面に見える小さな光を目指すしかない……が、あれは恐らく普通の炎だ。火を焚けば、オクリビダケの光は連鎖反応で消えてしまうはずなのに。

と訝しく思った、その瞬間。

左右の暗闇から、針のように鋭利な槍の穂先が何本も伸びてきて、俺とアスナの胸元に突きつけられた。

——なるほど、一つきりの炎は、ホール内のオクリビダケを丸ごと消灯させるために点けてあるのか。

咄嗟に巡らせた思考を、峻厳たる声が掻き消した。

「人族の剣士キリトとアスナだな！　騎士キズメルと共にフォールン・エルフに内通し、秘鍵を奪った咎により捕縛する！」

10

牢の扉が閉まる音は、意外なほど穏やかに響いた。

俺とアスナを連行したダークエルフ兵たちが紳士的だったからではない。頑丈そうな格子もそれらを固定する枠も、全て木製だからだ。

一人の隊長と四人の兵士が通路を引き返していき、足音が聞こえなくなると、俺は牢の中をぐるりと見回した。

四畳半ほどのスペースに、簡素なベッドが二つとテーブルが一つ。テーブルの上には水差しとコップ。壁にはランタンの代わりに、オクリビダケの鉢植えが固定されている。

テーブルに歩み寄り、水差しを持ち上げてしげしげと眺める。本体はガラスだが把手は木。コップに至っては全体が木製だ。テーブルもベッドも複雑なほぞ継ぎで組み上げられていて、釘は一本も見当たらない。どうやらこの牢獄は——いや、恐らくはハリン樹宮全体が、金属を一切使っていないらしい。例外は、ダークエルフたちが身につけている武器と防具だけだ。

知らず知らず左手が腰に触れるが、そこに愛剣はない。俺のソード・オブ・イヴェンタイドとアスナのシバルリック・レイピア、そして二つのシギル・オブ・リュースラは、この地下牢に連行された時に取り上げられ、保管庫らしき小部屋に運ばれてしまった。

ため息を呑み込み、左手でコップを掴むと水を注ぎ、いちおう匂いを嗅いでから飲み干す。毒や麻痺のデバフアイコンが点灯する様子はないので、別のコップにも注いで、牢の真ん中に立ち尽くしているアスナに向けて差し出す。

「まあ飲めよ。水だけど」

「……………うん」

素直に頷いたアスナは、両手でコップを受け取ると口をつけ、こく、こくと少しずつ飲んだ。あまり冷えてはいないが気持ちを落ち着ける効果はあったようで、どこか虚ろだった瞳に光が戻る。二、三度目を瞬かせ、まっすぐ俺を見て──。

「……キズメルも、ここの牢屋に捕まってるのかしら」

いきなり核心に迫るその問いに、俺は少し考えてから答えた。

「だとしても、近くの部屋じゃないな。もし近くにいるなら呼びかけてくるだろうし……。えーと……マッピングされてるかな……」

ウインドウを開き、マップタブに遷移する。幸い、ハリン樹宮のマップが表示されたので、アスナと並んで覗き込む。まだ大半がグレーアウトしたままだが、牢獄全体の構造くらいなら推測できそうだ。

「俺たちがいまいるこの牢は、地下二階の西側だ。で、階段と衛兵の詰め所が真ん中にあるってことは、東側にも牢があるんじゃないかな」

「キズメルは、そこに？」

「可能性はある」

俺が頷くと、アスナは軽く唇を噛んだ。やがて、痛みを堪えるような掠れ声で――。

「……六層でわたしがキズメルに、秘鍵を奪われた責任を取らされるんじゃないかって訊いた時のキズメルの答え、キリト君も覚えてたよね」

「うん。……私は女王陛下に任ぜられたエンジュ騎士団の一員だから、コンセキ……じゃなくて譴責する権利を持つのは騎士団長と陛下だけだ、って」

「その言葉どおり、キズメルは六層のガレ城では咎められなかったと思うの。もし咎められたなら、ガレ城の牢屋に入れられたはずだもんね。……なのに、七層で捕まっちゃったのはどうしてなのかな……」

「うーむ……」

アスナの疑問はもっともだ。板張りの天井を見上げながら、半ば自分に言い聞かせるように答える。

「杓子定規に考えれば、このハリン樹宮にキズメルを投獄できる立場の人……つまりエンジュ騎士団の団長か、ダークエルフの女王陛下がいるってことになるけど、実際には有り得ない話だと思う。その二人が九層のお城から出るわけないからな。となると……キズメルも知らない、騎士団長と同等の権利を持ってる誰かがこの拠点にいる……？」

「同等の権利を持ってる人って、たとえば？」

「たとえば、他の騎士団……ええと……」

言葉に詰まった瞬間、アスナが俺の記憶を補塡した。

「ビャクダン騎士団とカラタチ騎士団」

「そう、そのどっちかの団長とか」

「でも、エンジュ騎士団の団長さんがお城から出ないなら、他の騎士団の団長も同じなんじゃないの？」

「……………確かに」

そう言われれば頷くしかない。少し迷ってから、説明を追加する。

「ちょこっとネタバレしちゃうけど……エルフ戦争キャンペーン・クエストで九層のお城まで行くと、その三人の騎士団長からそれぞれ長めのお使いクエストを受ける流れになるんだよ。でももし団長の誰かがお城からいなくなったりしたら、クエストを受けることも報告することもできない」

「なるほどね……」

眉を寄せ、俯いたアスナが、突然勢いよく顔を上げた。

「あっ……そうよ、あれを確認すればいいじゃない！　クエストログ！」

「あ」

はしばみ色の瞳をまじまじと眺めてしまってから、俺は急いで開いたままのウインドウに指を走らせた。

マップタブからクエストタブに移動し、エルフ戦争キャンペーンのツリーを開く。いままでクリアしてきた各層の連続クエスト、すなわち《翡翠の秘鍵》、《瑠璃の秘鍵》、《琥珀の秘鍵》、《瑪瑙の秘鍵》がずらりと並ぶその最下段に、《紅玉の秘鍵》という新たなタイトルが出現している。

その文字列を、人差し指でタップする。さらにツリーが展開し、連続クエストの最初の一つであろうタイトルが出現する。曰く、《樹宮の虜囚》。

アスナと頭をくっつけ合うようにして、小さなフォントのクエストログを読む。

【フォールン・エルフとの内通を疑われ、ハリン樹宮の地下牢に投獄されてしまった。嫌疑を晴らすため、騎士キズメルと合流しなくてはならない。まず牢から脱出し、取り上げられた武器を回収しよう】

「…………」

揃って三秒ほど沈黙してから、二人同時に口を開く。

ジェスチャーで「お先に」と伝えると、アスナが小声でまくし立てた。

「これって、四つの秘鍵がフォールン・エルフに奪われるのも筋書きのうちだったってこと？それとも、サイロンさんの時みたいに……」

「誰か、あるいは何かが、予定外の出来事に合わせてクエスト内容を修正したんだろうな」

アスナの言葉を引き継いで、そう囁く。

六層主街区スタキオンの領主サイロンが、ＰＫ集団の斧使いモルテに殺されてしまった時、俺はそこで《スタキオンの呪い》クエストは進行不能になるだろうと考えた。しかし物語は、プレイヤーによってもたらされたサイロンの死でさえ吸収し、新たな展開へと俺たちを導いた。恐らく今回も、同じことが起きているのだ。

「……だとすると、脱獄が衛兵に見つかったら、もう一回ここに戻されるだけじゃ済まないと思ったほうが良さそうね」

「それは、確かに……。最悪、処刑だの何だのって展開も有り得るかもしれない。どうする？　もう少し様子を見るか？」

「見ない」

即答すると、アスナは強い意志に満ちた瞳でじっと俺を見据えた。

「秘鍵を奪われたのは、キズメルがわたしたちを助けようとしたからだもん。そのせいで罪に問われたなら、わたしたちが一秒でも早く汚名を雪いであげないと」

「……そうだな」

ぐっと頷き返し、俺はウインドウを消した。

「そうと決まれば、まずは脱獄だな。見たとこあの格子は木製だし、サブ武器でソードスキルを使えば壊せそうだけど、それだと確実にすごい音がするからな……」

「うーん……外まで走って逃げるだけならともかく、武器を取り返してキズメルを捜さなきゃいけないんだもんね……」

唸りながら、アスナは牢と通路を隔てている格子に歩み寄った。

俺も隣に立ち、改めてじっくり検分する。木目が浮き出た格子は丸棒ではなく角材なので、ここだけは日本の時代劇のような趣がある。一本の太さは三センチ角といったところで、それが十五センチほどの間隔で縦横にしっかり組み合わされている。この隙間から脱出するのは、《鼠》にも無理だろう。

と考えた途端、もう一つの任務のことを思い出す。俺たちは、今日の正午──遅くとも午後一時までに、熟したナーソスの実を二十個、ウォルプータのニルーニルの部屋に届けなくてはならないのだ。

いまは午前五時四十分。まだ時間はあると言えばあるが、こうなると、アスナが三時間早く出発しようと言ったのは大ファインプレーだ。この幸運を無駄にしないためにも、可及的速やかにキズメルと合流し、ハリン樹宮を脱出しなくては。

右手で黒光りする角材を握り、ぐっと力を込めてみる。俺の筋力値は攻略集団でも上のほうだと思うが、折れるどころか軋む気配すらない。

次にストレージからナイフを取り出し、削れるか試してみる。だが何たることか、角材はまるで油を塗られているかのようにツルツルと刃を逸らしてしまう。

　これは音を立てずに壊すのは無理っぽいぞ……と思っていると、扉の錠前部分を調べていたアスナが近づいてきて言った。

「どう見ても、解錠スキルなしで開けるのは無理そう」

「だろうな……。だからって、いまからスキルをセットして熟練度上げてる時間なんかないし……」

「やっぱり、木でできてるのがポイントだと思うのよね。ノコギリとか持ってないの？」

「持ってません……。こんなことなら、四層の船大工の爺ちゃんのとこでノコギリ一個ちょろまかしとくんだったな」

「普通に買いなさいよ」

　横目で俺を睨んだアスナが、角材を指先でなぞる。

「あとは……ネズミに齧ってもらうとか……」

　アルゴの二つ名ではなく本物を指しているのだろうが、牢の中は清潔だし、ネズミの一家が暮らしていそうな穴もない。

「それか……水をかけて腐らせるとか……」

　確かに水はたっぷりあるが、一ヶ所腐らせるのにも一ヶ月ほどかかってしまいそうだ。

　アスナの提案を脳内で却下しているだけでなく俺も何か言わないと、と一生懸命考えるが、どれほど頭を絞っても名案は浮かんでこない。こうなったらスニーキングは諦めて、牢に放火でもして大騒ぎになった隙にソードスキルで……とやけっぱちな思考を巡らせた途端、とあるアイデアが形を結ぶ。

「……火だ」

呟いた俺に、アスナが唖然とした顔を向けてきた。

「火って……火事でも起こす気？」

「いや、格子を燃やすんじゃなくて、炭化させるんだ。距離をうまいこと加減して焦がせば、強度は大幅に落ちるはずだ」

「でも……一箇所じゃだめでしょ。わたしたちが通れるくらいの穴を開けるなら、格子を十ヶ所以上は焦がさないと……」

「大丈夫、一ヶ所でいい」

アスナの背中を押しながら、俺は右側に一メートルほど移動し、扉の前に立った。

扉も同素材の格子だが、錠前が内蔵されている部分だけが頑丈そうなボックス構造になっている。そして、この錠前機構も恐らく、いや確実に木製だ。ならば火で外からじっくり炙れば、中身まで炭化させられるはず。

あっという顔になるアスナの眼前で、俺はストレージから松明を取り出した。さっそく点火しようとしたところで、重大な問題に気付く。

「う……」

「ど、どうしたの？」

「くそっ、ここで火を点けると、地下牢全体のオクリビダケが連鎖反応で消える。衛兵詰め所のオクリビダケまで消えたら、俺たちが火を使ってることがばれる……」

落胆のあまり松明を放り捨てそうになったその時、アスナが俺の左腕をぎゅっと摑んだ。

「まだ諦めるのは早いよ。要は、詰め所に連鎖反応が届く前に、火を消せばいいんでしょ？」

「まあ……そうだけど……」

「わたしがここから通路のオクリビダケを観察するから、合図したらすぐ火を消して」

「…………」

まったくもって綱渡りな作戦だ。だが、もうこれ以上の手を思いつける気はしないし時間もない。

「……解った。ええと……」

格子に顔を押しつけるようにして、隙間から通路の奥を見やる。整然と並ぶ牢と牢の間の壁にもオクリビダケ入りの燭台が設置され、衛兵詰め所がある地下二階の中央部まで緑色の光が並んでいる。

「いちばん近くのオクリビダケを一つ目として、二、三、四、五……六個目のやつが消えたら教えてくれ」

「了解、消えたら左肩を叩くわね」

相棒と頷き合ってから、俺は錠前の正面に屈み込んだ。

格子一マスぶん、つまり十五センチ四方の板の中に、器用なアスナでも音を上げるほど複雑なロック機構が内蔵されている。しかし複雑なぶん耐久性は低いはずだ。もう一度だけ通路が無人なことを確かめてから、右手の松明をタップし、点火ボタンを押す。

オレンジ色の炎が燃え上がった一秒後、牢の中を照らしていたオクリビダケの光が消えた。通路のオクリビダケも次々と連鎖反応で消えていくはずだ。焦りを抑え、炎を錠前に近づける。

焦げ茶色の板はしばらく何の変化も見せなかったが、やがて表面がわずかに黒ずみ、そこからうっすらと煙が立ち上る。

ぱしっ！　と勢いよく左肩を叩かれ、俺は出したままの操作ウインドウにある消灯ボタンを急いで押した。

松明の炎は一瞬で消え、牢が暗闇に包まれる。息を殺して待っていると、やがて背後の壁のオクリビダケが再点灯する。真っ暗な通路にも、数秒ごとに光が戻っていく。

「……いまのタイミングで大丈夫そうか？」

囁き声で訊くと、アスナは少し時間を置いてから答えた。

「うん、詰め所から誰か来る気配はないわ。……いま気付いたけど、近くの牢屋に他の囚人がいたら、騒ぎになってたわよね……」

「確かに……まあ、結果オーライってことで。引き続き、見張りよろしく！」

「任せて」

アスナが監視態勢に入ると同時に、再び松明を点火する。一回の作業に使える時間は十秒といったところだ。詰め所の中だけでなく、外で見回りをしている兵士もいる可能性を考えれば、あまりのんびりもしていられない。燃え上がってしまわないぎりぎりの距離を見極め、最速で錠前を炭化させなくては。

二回目の加熱で、板の中央が黒々と焦げた。三回目でそこが熾火のように赤熱し、四回目で放射状にひび割れ始める。現実世界ならこの厚さの板を炭化させるにはさらなる火力か数倍の時間が必要だろうが、アインクラッドでは基本的に《乾いた木》は火に弱い。

五回目で危うく炎が上がりそうになり、素手で叩いて消す。熱感とともにHPが少しばかり削れたが、気にしてはいられない。アスナもこちらの意を汲んで何も言わず、監視に集中している。

六回目で板の真ん中あたりが灰になってぼそっと崩れ、内部の歯車やデッドボルトが露わになった。予想どおり全て木製。芸術品と呼ぶべき精緻な細工だが、これを造ったダークエルフの匠に心の中で謝り、七回目の火を近づける。

何枚もの歯車がみるみる炭化し、ぼろぼろと崩壊し――扉を枠に固定していたデッドボルトがかすかな音を立てて抜けた。すかさず松明の火を消し、立ち上がる。

「開いたぞ！」

「ＧＪ！」

珍しくゲーマー用語を口にしたアスナと素早く拳を打ち付け合ってから、そっと扉を押す。一瞬だけ抵抗があったものの、ざりっと炭の粒が擦れる感覚とともに扉が開いた。通路の前後に誰もいないことを確かめ、忍び足で牢から出る。

「……まず、武器を回収しないとな……」

呟くと、アスナも難しい顔で頷いた。

「わたしたちの剣を運んでった部屋、衛兵さんの詰め所の隣だったよね。気付かれずに入れるかしら」

「鍵が掛かってたら絶望的だな。でもまあ、やってみるしかないよ」

「そうね」

会話を切り上げ、抜き足差し足移動を開始する。左右の牢が無人であることを確認しながら二十メートルほど歩くと、行く手に四角いホールが見えてきた。あそこが地下二階の中心部だ。確か、空間の南側に上り階段、北側に衛兵詰め所と保管庫が並んでいたはず。いっそう慎重に前進し、通路とホールが接する角から詰め所の様子を窺う。

記憶どおり、板壁には扉が二つ並んでいて、左の扉の近くには格子つきの窓もある。窓からは牢よりかなり明るいオクリビダケの光が漏れ、何やら話し声も聞こえる。

俺はアスナとアイコンタクトしてから、中腰でホールを斜めに横切り、窓のすぐ下に貼り付いた。声の音量が上がり、内容が聞き取れるようになる。

「……の牢に新たな罪人が囚われたのは、三十年ぶりらしいぞ」

「しかも人族だからな」

「フォールンどもに手を貸すとは愚かな奴らだ」

「どうせ命を延ばしてやるとでも言われたんだろうさ」

「人族はいつもその手で惑わされるんだ」

そこまで聞いた途端、憤慨したらしいアスナが短く鼻息を漏らした。俺も同感だが、いまは冷静に行動しなくてはならない。

声から判断して、詰め所にいる衛兵は二人。時折カチャカチャと食器の音が聞こえるので、朝メシでも食べているのだろう。しばらくは部屋から出てくる様子はない。

窓から離れ、隣接する保管庫の前に移動する。鍵が掛かっていませんように、と祈りつつ扉を見たが、そもそも鍵穴がない。速やかにドアハンドルを押し下げ、音がしないようじわじわと引き開けて、隙間から中に滑り込む。

アスナが入るや否や、扉を閉めて二人同時にほーっと一息。

仕切りの壁が薄いのか、まだかすかに衛兵たちの話し声が聞こえる。つまり、ここでアスナと普通の声で会話をするわけにはいかない。

ジェスチャーで「武器を探すぞ」と伝え、そっと立ち上がって室内を見回す。保管庫は牢と同じくらいの広さで、三方の壁に棚や剣立てや鎧掛けが設えられている。

棚には無数の木箱だの革袋だのが積み重なり、剣立てにも大小様々な剣が突っ込まれている。こんな状況でなければ「宝の山や！」と小躍りするところだが、いまは二人の剣と、できれば指輪の回収が最優先だ。

まず、現実世界の傘立てに似た形状の剣立てから調べる。無秩序に収納された剣はどれも、何十年間も放っておかれて朽ちる寸前といった様子で、乱暴に触ったら鍔や護拳が落っこちてしまいそうだ。

指先でそっとかき分けつつ、捜索すること十数秒。嫌がらせかと思うほど奥まったところに、俺はようやく見慣れた色と形の鞘を見つけ、再び安堵の息を吐いた。

少し離れた場所を探していたアスナに、手振りで「あったぞ」と合図する。しかしアスナのほうも、右手で自分の前の剣立てを指差す。

ソード・オブ・イヴェンタイドとシバルリック・レイピアを引き抜いてから、俺はアスナが示した場所を覗き込んだ。するとそこには、ダークエルフのものとはやや意匠の異なる細工が施された長剣と、黒革の鞘に包まれたサーベルが並んでいた。

間違いない。長剣は、俺が森エルフの隊長から手に入れた《エルブン・スタウト・ソード》。そしてサーベルは、フォールルン・エルフの副将カイサラに折られてしまったキズメルの剣だ。

森エルフの剣も、サーベルの代わりに使ってくれとキズメルに渡したものなので、この地下牢のどこかに彼女がいることはほぼ確定だろう。

俺はアスナにレイピアを手渡し、自分の剣を背中にマウントしてから、スタウト・ソードとサーベルを同時に剣立てから引き抜いた。

しかし、心の中の焦りが手元を狂わせたのか。二本と同じマスに立っていた古めかしい剣がぐらりと揺れ、隣のマスへとゆっくり傾いていく。

わ〜〜〜！

と口の動きだけで叫ぶ。眼前で倒れつつある剣が隣のマスの剣に衝突し、またその隣の剣に……とドミノ倒しになれば、凄まじい騒音が鳴り響くだろう。いますぐ剣をホールドしたいが、両手が塞がっている。かくなる上は、口で咥えるか念動力で止めるしか……。

素早く伸びてきた手が、悲劇を寸前で防いだ。見ると、アスナが俺の右側から思いきり身を乗り出し、古い剣を指先で支えている。助かった、と体の力を抜こうとしたが、何たることか、今度はアスナ自身がゆっくり傾いていく。

――南無三！

と心の中で唱えながら、俺はキズメルのサーベルを握ったままの右腕を、アスナの体の下に突き出した。場所を見極める余裕はなかったので、胸のあたりを勢いよく受け止めてしまう。ブレストプレートの硬さと、その内部の弾力がまざまざと腕に伝わる。

ずっとずっと後になって、アスナは言ったものだ。『コンビを組んで一ヶ月経ってなかったら、剣を放り出して思いっきり叫んでたよー』と、ほわんほわん笑いながら。

しかし幸い、アスナはアバターを棒のように硬直させただけで、叫びも暴れもしなかった。俺は彫像と化したアスナの体を、右腕で少しずつ持ち上げていき、直立させた。一歩下がり、無言で顔を見合わせていると──。

「……この剣、むちゃくちゃ重いんだけど」

最小ボリュームでぽそっと言ったアスナの左手には、まだ古ぼけた剣が握られたままだ。

「……ちょっと待った」

同じ音量で囁き返し、スタウト・ソードとサーベルをストレージに収納する。空いた右手でアスナから剣を受け取ると、確かにずしりとした手応えがある。俺のソード・オブ・イヴェンタイドより明らかに重い。

柄には大型の護拳が装着され、白革の鞘は緩く湾曲している。直剣ではなく、キズメルの剣と同種のサーベルだ。全体的に薄汚れ、護拳の内側には蜘蛛の巣まで張ってしまっているのでとても高級品には見えないが、キズメルにはこちらのほうが使いやすいかもしれないので念のためストレージに放り込む。

たっぷり冷や汗をかいたものの、第一目標である愛剣の回収には成功したので、次は指輪を捜したいところだが、これだけの数の箱や袋を全部調べるのは五分や十分では到底不可能だ。

どうせ罪人になってしまった時点で《ダークエルフ拠点に出入りできる》という印章の効力はなくなったも同然だし、指輪は諦めたほうがいいだろう。

という考えを小声で説明すると、アスナは四段の棚に詰め込まれた大量の鉄箱木箱革袋布袋を見回してから囁いた。

「だったら、箱や袋ごとストレージに入れてって、後で調べればいいんじゃないの？　全部は無理だろうけど」

「………………」

大胆すぎるアイデアにしばし絶句してしまう。RPGではこういう《時間制限つき捜し物》イベントは珍しくないが、入れ物ごと持っていくというのはどう考えてもシナリオライターの想定外だろう。

しかし、考えてみれば大量の箱類は棚に固定されているわけではない。懸念があるとすれば、盗み行為と判定されて犯罪者フラグが立ってしまうことだが、それなら先ほどの骨董サーベルをストレージに入れた時点で警告が出ているはずだ。ここは犯罪防止コード圏外なので、盗みを働いても咎められるのはダークエルフの法によってで、ゲームシステムではないということなのだろう。

俺は棚に手を伸ばし、積み重なった大小様々な箱類の、いちばん上に載っていた木箱を慎重に持ち上げた。アラームが鳴り響くことも、腰が抜けるほど重いということもない。開いたままのストレージに置くと、青い光の粒を散らして消滅する。

「…………」

「…………」

アスナと顔を見合わせてから、二人で次から次へと箱や袋を消滅させていく。レベルが推奨値よりかなり上がっていたことと、二人とも重い武器防具を持ち歩いていないことが幸いし、所持重量が上限値の九割に達した時、箱類は三分の一以下にまで減っていた。残りの入れ物にシギル・オブ・リュースラが入っている可能性は無視できないが、ストレージの限界ぎりぎりまでアイテムを詰め込むと、予期せぬタイミングで重量をオーバーして動けなくなってしまう危険がある。

箱どろぼうを終えてウインドウを消し、耳を澄ませる。隣の詰め所からは、まだ衛兵たちのお喋りが聞こえてくる。ダークエルフのお茶好きは、地下牢でも変わらないらしい。

再度ゆっくりと扉を開け、ホールに出る。

向かい側の壁には、俺たちが数十分前に引っ立てられてきたばかりの階段。右の壁には西側の牢に向かう通路。そして予想と言うか期待どおり、左の壁からも通路が東へと延びている。キズメルが囚われているとすれば、あの先だ。

アスナをちらりと見てから、再び抜き足差し足で東の通路に入り込む。

オクリビダケの光を頼りに、左右の牢を一つずつ確認していく。キノコの明かりは光量こそできる。

心許ないが、無人の牢でも常時点灯しているので、歩きながら覗くだけで牢の隅までチェック

しかしそれゆえに、確認すべき牢の数はみるみる減っていく。通路の半ばまで到達しても、まだキズメルは見つからない。

牢は、長さ二十メートル強の通路に片側八部屋ずつ、合計十六部屋並んでいる。残りの牢は八つ……七つ、六つ、五つ。どれも無人で、ここ数年、いや数十年使われた形跡はない。

俺とアスナの足取りが少しずつ重くなっていく。それでも確認を止めるわけにはいかない。あと四つ、三つ、二つ――。

「…………!!」

最後の牢を覗き込んだ瞬間、俺たちは同時に鋭く息を吸い込んだ。

大きく膨らんだ期待は、しかしほんの二秒でしぼんでしまう。二つ並んだベッドの片方に、何者かがごろりと横になっているが、体格的にどう見てもキズメルではない。エルフにしては大柄な体は明らかに男性だ。

視線を合わせていると、黄色いカーソルが出現する。名前は【Dark Elven Prisoner】――ダークエルフの囚人。これでは何者なのか解らないが、キズメルでないのなら声を掛ける意味はない。騒がれて衛兵が駆けつけでもしたら苦労が水の泡だ。

俺はアスナに手振りで後退するよう伝え、自分もじりじりと後ずさりした。囚人はこちらに

背中を向けているので、音を出さなければ気付かれないはず……と思ったのだが、ほんの三十センチばかり動いた、その時。

「エルフではないな。何者だ」

横たわったままの囚人が、低い声を発した。

凍り付く俺たちの目の前で、うっそりと起き上がりこちらを向く。

着ているのは黒が褪せて灰色になった、簡素な木綿のシャツとズボン。髪と髭が伸び放題に伸びていて、顔立ちはほぼ視認できない。垂れ下がる黒い前髪の奥で、双眸が鋭い光を放っている。

「いえ、何でもないです。失礼しました……」

どうにかそれだけ答え、俺は後退を再開しようとした。その途端、

「答えないと衛兵を呼ぶぞ」

錆びた声でそう言われれば、逃走は諦めざるを得ない。

「ええと……俺は人族の剣士キリト、こっちはアスナ」

「なぜこんな場所にいる」

「ちょっと人を捜してて……」

「誰を」

次から次に端的な問いが飛んできて、誤魔化すべきかどうか考える余裕もない。腹をくくり、

本当のことを告げる。

「キズメルという近衛騎士です。一日以内に、ここに連れてこられたはずなんですが……」

「キズメル……家名は？」

予想外の問いに、アスナと顔を見合わせてしまう。細剣使いも小刻みにかぶりを振るので、体の向きを戻して答える。

「し、知りません」

「ふむ……ではオレにも解らんな」

そう応じた囚人は、ベッドの上からサイドテーブルに手を伸ばし、俺たちの牢にあったのと同じ水差しから木製コップに水を注いだ。一息に飲み干し、コップを戻すと、新たな質問を口にする。

「……しばらく前に連行されてきたのはお前たちか？」

「は、はい」

「ならば、そのキズメルという騎士が囚われたのはこの階ではないな。オレがここに繋がれてから三十年、新たな囚人はお前たちが初めてだ」

「三十年……」

呆然と繰り返してしまう。

一ヶ月前の俺なら、それはあくまで設定上の話だと考えただろう。なぜなら、二〇二三年の三十年前――すなわち一九九三年には、ＳＡＯはおろか旧世代のＨＭＤ式ＶＲＭＭＯすら存在しなかったのだから。

しかし、キズメルと出会い、森エルフと黒エルフの長きにわたる戦いの歴史を知ってから、徐々に考えが変わってきた気がする。人間のプレイヤーがダイブしていなければ、この世界は時間の流れをサーバースペックの限界まで加速できるのだから、正式サービス開始前にアインクラッドは《大地切断》からの数百年、ことによるとそれ以上の歴史を実際に積み重ねている可能性はゼロではないのだ。

「あの……あなたは、どうしてこの牢に？」

俺の後ろから進み出たアスナが、掠れ声でそう訊ねた。

髭の男は底光りする両目でまっすぐアスナを見据え、言った。

「人族が知る必要のないことだ、娘」

話は終わりとばかりに、再びベッドに寝転がってしまう。

せめて何か一つだけでも有益な情報を得るべく、俺は食い下がった。

「あの、このハリン樹宮に、他の牢はないんですか？」

男は五秒ほども沈黙を続けたが、やがて「フン」という鼻息が聞こえた。一瞬、あれ……と思ったが、オクリビダケの光が届かない暗がりから届く声に意識が持っていかれる。

「七階の、神官どもの専用居住区にも牢獄があったはずだ。キズメルという騎士の犯した罪が連中がらみなら、そこに連行されたかもしれんな」

「で、でも……キズメルの剣が、すぐそこの保管庫に……」

俺がそう言い返した途端、男が再びむくりと上体を起こした。

「お前たち、保管庫に入ったのか」

「え、ええ、まあ」

「ふむ……。そもそも、どうやって衛兵連中に気付かれずに牢を出たんだ？」

「えーと……松明で、牢屋の錠前を焼いて……」

「…………」

黙り込んだ男が、逞しい肩を小さく震わせ始める。少しして、くっくっと低い声が聞こえてきたので、ようやく笑っているのだと気付く。

おいおい爆笑はしないでくれよ、と念じていると、幸いなことに笑い声は徐々に音量を下げ、消えた。軽く頭を振ると、男は皮肉っぽい口調で言った。

「……なるほど、人族の《幻書の術》か。確かに衛兵も、そこまでは調べられんな」

「そ、そっすね……」

頷きながら、俺は限界スピードで頭を回転させた。

同じ方法を使えば、男が囚われている牢の錠前を破壊することも可能だ。そしてクエストの文脈に従えば、ここは男を助け出して協力してもらう場面と思える。この展開を考えたのが、アーガスに所属するシナリオライターなら、それが正解なのだろう。

しかし恐らく、俺とアスナが進めているエルフ戦争キャンペーン・クエストは、もう本来の筋書きから大きく逸脱してしまっている。茅場晶彦によってデスゲーム化され、アーガスの管理を離れたいま、生身の人間が全プレイヤーのクエストを手作業で修正しているとは思えない。仮にゲームシステムそのものがリアルタイムでクエストを書き換えているなら、もう文脈など通用しないと考えるべきだろう。

眼前の囚人が、生きた人間――いやダークエルフとして、信用できるか否か。判断すべきはそこだけだ。

三十年も地下牢に収監されているからには、よほどの重罪を犯したのだろう。問題はその罪が何なのかということだが、「人族が知る必要のないことだ」と言われてしまったばかりだ。

他に何か手がかりは――……

「あの、あなた、お兄さんか弟さんはいませんか？」

いきなりアスナが突拍子もない質問を投げかけたので、俺は唖然と隣を見た。

さすがの男も驚いたのか、無言で瞬きを繰り返していたが、突然ぼそっと訊き返してきた。

「なぜそう思った」

「あなたとよく似たダークエルフを知っているので」

え～～～？　と内心で首を傾げる。アスナが知っているということは俺も知っているはずだが、この髪ぼさぼさ髭ぼうぼうの囚人と似ているダークエルフなど……いやそもそも、男のダークエルフで知り合いと言えるのは、ヨフェル城のレーシュレン・ゼド・ヨフィリス子爵とガレ城のブーフルーム老人、おまけしてメラン・ガズ・ガレイオン伯爵くらいではなかろうか。三人とも、囚人との共通点は肌の色くらい……。

その時、再び頭の芯にぴりっとかすかな電流が走り、俺は目を見開いた。

いや、もう一人、知り合いと言っていいかもしれないダークエルフの男がいる。

俺が気付くのを待っていたかのように、アスナが続けた。

「名前は教えてもらっていないんですが、三層の野営地で鍛冶師をしている人です。わたしの、この剣を鍛えてくれました」

牢に歩み寄りながら、左手でシバルリック・レイピアの柄を握る。逆手で鞘から引き抜き、そのまま格子の隙間に柄頭を差し入れる。

俺だったら実行する前に最低三秒は迷ってしまう行為だ。しかしアスナの横顔にはいかなる懸念も浮かんでいない。

囚人は、長く垂れた前髪越しにじっと俺たちを凝視していたが、不意にベッドから床に降り立ち上がった。ぼろ切れのようなサンダルに足を突っ込み、格子の前まで歩いてくる。アスナが差し出す柄を無造作に握り、レイピアを牢の中に引き入れる。

剣を額のあたりに掲げ、後ろの壁から届くオクリビダケの光を艶やかな刀身に一回滑らせただけで、男は言った。

「確かに、これはランデレンが鍛えた剣だ。前はナマクラばかりだったが……三十年経てば、ヘボもそれなりの腕になるということか」

ランデレンというのがあの無愛想極まりない鍛冶師の名前なら、ヘボ呼ばわりされたことを知ったらどんな反応をするのか想像するだけでも恐ろしい。少なくとも、いつもの「フン」という鼻息だけでは済むまい……と考えた瞬間、ようやく先ほどの既視感の原因に気付く。男が漏らした鼻息は、あの鍛冶師のそれとそっくりだ。

男はレイピアをくるりと反転させ、格子の隙間から柄を突き出した。アスナが受け取ると、一歩下がり――。

「弟が世話になったなら、その礼をしないとな。騎士キズメルを捜す手伝いをしてやろう」

おお⁉　と思う間もなくアスナが律儀に指摘した。

「あの、それは有り難いんですが、弟さんにお世話になったのはわたしたちですけど……」

「それほどの剣は、エルフの鍛冶師にとっても生涯で数本打てるかどうかだろう。その経験によって、弟は大きく成長したはずだ」

「あなたも鍛冶師なんですか？」

「……………いや」

囚人は、鼻のあたりまで垂れた前髪をかすかに揺らした。

「オレにその才能はなかった。弟には祖父や父と同じく鍛冶師の血が流れていたが……オレはそれすらも……」

そこで言葉を切り、ベッドのほうに戻っていってしまう。助けてくれるんじゃなかったの、と内心で慌てたが、男は寝転がる代わりに色褪せたシーツを掴み上げ、端を細く引き裂いた。伸び放題の髪を後頭部でひとまとめにすると、即席の紐で結わえる。

露わになった男の顔は、髭ぼうぼうにもかかわらずダークエルフらしい端然とした精悍さを備えていた。人間なら三十代後半といったところか。確かに三層の鍛冶師とよく似ている——が、もう一つハッとさせられるような特徴がある。

目の二センチほど下、頰から頰にかけて、一本の刀傷が走っているのだ。新しいものではないが、浅黒い肌にくっきりと刻まれた傷は、受けた時は相当な深手だっただろうと思わせる。

俺たちの視線を感じたのか、男は右手の親指で傷をなぞり、「フン」と言った。

大股に歩み寄ってくると、格子越しに詰め所の様子を窺う。俺とアスナも通路の先を見やる。いまのところ衛兵たちが部屋から出てくる様子はないが、食事が終われば見回りに来るのではないか。俺の直感では、猶予はあと数分。

「錠前を焼くから、ちょっと離れててください」

そう声を掛けると、男はさっと首を横に振った。

「いや、それより、詰め所の隣の保管庫からオレの剣を取ってきてくれないか」

——ええ～、あの数の剣から捜すの⁉

という言葉を呑み込み、俺は訊ねた。

「……どんな剣ですか？」

「サーベルだ。鍔と護拳は銀、柄と鞘は白革。三十年ぶんの埃が積もっているだろうから、見ただけでは解らんかもしれんが……」

「「……………」」

俺とアスナは無言で顔を見合わせた。

ストレージを開き、武器を入手順にソートし、いちばん上に表示された《サーベル・オブ・サンタラム・ナイツ》という名前をタップしてオブジェクト化を選択。

かすかな効果音を響かせて出現した大ぶりなサーベルを、俺は両手を使って持ち上げた。

この世界の汚れエフェクトは基本的に短時間で消滅するはずなのに、鍔にこびりついた埃や、護拳に張った蜘蛛の巣はそのままだ。布で拭えばある程度綺麗になるだろうが、俺がそこまでするのも妙に思えて、そのまま柄を格子の隙間に差し込む。

男はほんの一瞬躊躇したようにも見えたが、右手でサーベルの柄を握り、鞘ごと牢の中に引き入れた。

蜘蛛の巣に気付くと「フン」と鼻を鳴らし、再びシーツを摑み上げてサーベル全体を手早く、しかし丁寧に拭う。新品同様——とは言えないがかなり輝きが戻ったサーベルをベルトの左側に差し込み、ゆっくりと引き抜く。

わずかに弧を描く刀身が、オクリビダケの光を反射してくすんだ輝きを放つ。しかしそれは汚れのせいではなく、実戦と手入れを長年繰り返した武器だけが宿す《業物の質感》のせいだ。森エルフ騎士との激戦で折れてしまった俺のアニール・ブレード+8も、あんな輝きを帯びていた。

いまもまだ、傷ついた姿のままストレージの奥底に眠っているかつての愛剣に思いを馳せていると、男が俺をじろりと睨んだ。

「少し下がっていろ」

「は、ハイ」

アスナと同時に格子から離れる。男は扉の前まで移動すると、抜き身のサーベルをゆらりと頭上に掲げる。

ちょ、何を！

と叫ぶ猶予もなかった。刀身が銀色の燐光を放ち、リィィィン……というガラス質の高音を響かせる。ソードスキルの前駆エフェクト。

力技で格子を吹き飛ばしたらもの凄い音がして、衛兵がすっ飛んでくるのは確実だ。それを防ぐために俺とアスナは苦労して錠前を炭化させたのに、これでは全て水の泡——。

薄闇に、チカッと銀色の閃光が走った。扉と枠の隙間から、小さな火花が二、三粒零れた。

それだけだった。大音響どころか、コップをテーブルに置く程度の音さえもしない。サーベルはすでに男の頭上に戻っているので、本当にソードスキルが発動したのか疑いたくなるが、俺の目には完璧な鉛直線を描く銀色の軌跡がかろうじて見えた。

男がサーベルを鞘に戻し、二歩前進して指先で扉を押した。きい……とかすかな音を立てて扉はあっさり開く。錠前部分を見ると、ロックボルトの切断面が磨かれたように光っている。

「……い、いまの技、何ですか？」

思わずそう訊くと、男は肩をすくめて答えた。

「《スラッシング・レイ》……とか言ったか」

まったく記憶にない技名だ。恐らくは曲刀カテゴリの上位ソードスキルだろう。ステータス見せて、と言いたくなるがそもそもＮＰＣのステータス・ウインドウを開く方法が解らない。頭のツムジあたりをタップすればプロパティ窓が開くのかもしれないが、このおじさん、いやお兄さん相手にそれをする勇気はない。

俺がぼんやり立ち尽くしていると、通路に出てきた男は大きく伸びをしてから、首を左右にこきこき動かした。本当に三十年もこの牢に囚われていたのなら、筆舌に尽くしがたい解放感がありそうなものだが、男は伸びと首ポキだけで満足したらしく、鋼色の双眸で俺とアスナをじろりと一瞥して言った。

「お前たち、名前は何と言った」

「えと、俺がキリトで……」

「わたしはアスナです」

改めて名乗ると、男は「キリトとアスナか」と繰り返した。イントネーションは正確だが、過去に出逢ったNPCたちの中でも最短の発音チェックだ。こちらが頷くや、

「オレはラーヴィクだ」

短く名乗る。それがパーティー加入フラグとなり、視界左上に二つ並んだHPバーの下に、新たなバーが出現する。

同時に、男のカーソルに表示された名前が音もなく変化した。【Dark Elven Prisoner】から、【Lavik; Dark Elven Fugitive】に……fugitiveという単語は残念ながら俺の脳内辞書に登録されていないので、あとでアスナに教えを請うことにして、まずは囚人改めラーヴィクに今後の方針を確認する。

「それで……どうやってキズメルがいる七階まで?」

「七階にいるかもしれない、だ」

素っ気なく訂正すると、ラーヴィクはそのままの口調で続けた。

「まずは衛兵どもから情報を聞き出す」

「は!?　……ば、買収でもするんですか?」

「お前たちが、九層の湖畔の屋敷を買えるほどの金を持っているならな」

俺とアスナがふるふる首を横に振ると、何度目かの「フン」を挟んで、髭面のダークエルフは言った。

「では剣を使おう」

11

脱獄から約一時間が経過した、午前七時。

俺は太さ三ミリもないロープ、いや紐を命綱にして、ほぼ垂直の絶壁――ハリン樹宮の外壁を必死に降りていた。

人工の壁ではなく天然の大樹の幹なので、それなりに手がかり足がかりがあるのが救いだが、地面まではおよそ五十メートル。足を滑らせ、細い命綱が俺の重さに耐えられなければ、落下ダメージでＨＰが消し飛ぶことは確実だ。

しかし音を上げるわけにはいかない。ほんの一メートル左では、同じロープを剣帯に結んだアスナが無言で壁を伝い降りているし、右ではラーヴィクがロッククライマーばりの懸垂下降を披露している。

そして何より、俺の左下では、数分前にパーティーに加わったばかりのダークエルフ騎士が心配そうにこちらを見上げているのだ。

「大丈夫か、キリト」

その声に、俺はどうにか笑みらしきものを浮かべつつ応じた。

「だ、大丈夫！　俺のことは気にしないで、先に降りてくれ」

「そうはいかん。足を踏み外しても私が支えてやると言っただろう」

と頼もしい言葉を掛けてくれるのは、もちろんキズメルだ。

樹宮七階の牢から救い出した時、彼女はかなり憔悴した様子だった。幸い肉体的ダメージはなかったし剣以外の装備もそのまま身につけていたが、誇り高い騎士であるキズメルにとって、フォールン・エルフとの内通を疑われ、投獄されるのは耐えがたい屈辱だったのだろう。

俺たちとの再会はもちろん喜んでくれたものの、最初は脱獄を拒否したほどだ。しかし俺とアスナ、そしてラーヴィクの説得により、キズメルは自分の手で疑いを晴らすことを決意し、七階の窓から樹宮を脱出して——いまこうなっているわけだ。

耳を澄ませると、樹宮内の衛兵たちの叫び声や右往左往する足音がかすかに聞こえる。だが、混乱が収まるにはもうしばらくかかるはずだ。なぜなら、アスナのアイデアで、七階の片隅にある小部屋に火のついた松明を隠してきたからだ。

炎による連鎖反応で、ハリン樹宮内の無数のオクリビダケは残らず消灯してしまっている。小部屋の松明を見つけて消すまで、樹宮の中は真っ暗闇でとても俺たちを捜すどころではないだろう。大騒ぎになっているうちに、揺れ岩の森まで逃げなくてはならない。

俺は足の下にある四十数メートルの空間を意識から排除し、眼前の幹に集中しようとした。小さなウロに手を掛け、突き出たコブに足を掛け、垂れたツタを摑み、樹皮の裂け目を踏む。これが昔のRPGならコントローラのスティックを下に倒すだけでスルスル降りられるのに、などと考えてしまうがそもそもフルダイブ型のＶＲＭＭＯでなければデスゲーム化することは不可能だ。せめて次に同じ状況に陥った時のために、時間ができたら崖下りの練習をしよう。アインクラッド外周部の支柱をスルスル上り下りできるくらいになれば、どんな崖でも平気なはずだ……。

そんなことを考えながら懸命に手足を動かし続ける。しかし恐怖を忘れるための現実逃避が、いつしか集中力まで減衰させていたらしい。しっかりコブを捉えたはずの爪先がずるっと滑り、胃のあたりがヒヤッと収縮する。

だが俺の左足は、十センチほど落下しただけで堅固な平面に着地した。

そっと見下ろすと、俺が踏んでいるのは直径一メートルはある岩の柱だった。いつの間にか、ハリン樹宮を囲む石柱群に到達していたのだ。振り向けば、すでに降下を終えていたアスナ、ラーヴィク、そしてキズメルが無言でこちらを見詰めている。

俺は咳払いをすると、剣帯に結んでいた命綱を解いた。このロープは七階の倉庫で見つけた、鋼の刃で何度も挽かないかぎり絶対に切れないという触れ込みの高級品なので放置していくには惜しいが、五十メートル上の太い枝に結んであるので回収する方法はない。

階段状になっている柱を順に踏み、三人が待っている通路まで降りる。

「お待たせ」

最大限の何気なさを装いつつそう言うと、キズメルが笑顔で「よく頑張ったな、キリト」とねぎらってくれたので、なんだか生まれて初めてジャングルジムのてっぺんから独りで降りられた子供のような気分になる俺だった。

樹宮の正門がある南を避けて、降下地点から最も近い西の回廊に入った俺たちは、追われていないことを確認しつつ揺れ岩の橋を渡り、誰も湿地に落ちることなく出口まで辿り着いた。

あとはトンネル状の通路を抜ければ、森の外に出られる――のだが、その前に一つやらねばならないことがある。

もう一度樹宮の方向を窺ってから、俺はキズメルに言った。

「えっと……こんな状況だけど、ちょっと寄り道していいかな」

「寄り道？　しかしここには湿地しかないぞ」

「その湿地に生えてる、ナーソスの木の実が必要で……」

「ほう、人族にしては通好みなことを言うじゃないか」

と口を挟んできたのは、キズメルではなくラーヴィクだった。ぼさぼさの髭をしごきながら、ニヤリと笑う。

「ナーソスの実は舌にぴりっとくるが、食べ慣れるとあの刺激がたまらんのだ。オレも久々に食いたい」

すみません食べたいわけでは、と訂正するより早くキズメルが反応した。

「う―む……私はナーソスの実はそれほどでも……」

渋柿を齧ったような顔でそう言う騎士の背中を、ラーヴィクがばしっと叩く。

「そう言うな騎士キズメル、ナーソスは体に精がつくぞ。いまのそなたにも必要だろう」

「しかしラーヴィク殿、湿地にはイヤらしいヒルの化け物が出るでしょう」

「むう……ヘマトメリベか。確かにあれは面倒だな……。水にミントの精油を垂らせば寄ってこないが、誰か持っていないか？」

ラーヴィクに視線を向けられ、俺とアスナは同時にかぶりを振る。ストレージに入っているものを残らず把握しているわけではないが、ミントの精油などというものを手に入れた記憶はついぞない。

「そうか……揺れ岩の森を見回る衛兵には必須の代物だから、樹宮のあちこちに備蓄されているはずだ。ちょっと戻って取ってくるのはどうだ？」

「ラーヴィク殿、そこまでしなくても」

困ったような呆れたような顔でキズメルがそう言った時、俺はふと思いつき、ストレージを開いた。

樹宮のあちこちに備蓄されている、という話が本当なら、地下牢の保管庫にも一瓶くらいはあるだろう。そしてその一瓶が、俺とアスナがごっそり持ってきた箱の中に入っていれば。

という思考を察したのか、アスナもウインドウを開いた。ストレージ欄に表示されている、

《古びた木箱》やら《錆びた鉄の箱》、《なめし革の袋》や《麻布の袋》を上から順にタップし、中身を表示させていく。

ほとんどは価値のなさそうなガラクタで、首飾りだの護符だの鍵だのと気になるアイテム名もあるにはあったが、鑑定は先送りしてミントの三文字をひたすら探す。

十何個目の箱をタップし、中身のリストを上から下にさっとスクロールさせ、次の箱に行こうとした時。

「あっ！」

小声で叫び、俺は閉じる寸前だったリストを逆向きにスクロールさせた。真ん中あたりに、シギル・オブ・リュースラの名前が当たり前のように表示されている。しかも二個。

急いで取り出そうとした時、隣でアスナも「あっ！」と声を上げた。続いて実体化の効果音が聞こえたので、見るとウインドウの上に緑色の小瓶が載っている。アスナも俺のウインドウを見て、再び「あっ」と言う。

回収に成功した指輪の片方をアスナに返そうとして、俺は手を止めた。リュースラの紋章がレリーフされた指輪は二つともまったく同じデザインで、もちろん名前も書いていないので、どっちがアスナの指輪でどっちが俺の指輪だったのか見分けられない。

空中で親指と人差し指を開閉させていると、アスナがずいっと左手を突き出した。

「どっちでもいいわよ、性能は同じでしょ」

まあ、確かにそのとおりだ。ＳＡＯの装備アイテムは原則的にサイズが自動調整されるので大きさも気にする必要はない。片方を摘まみ上げ、アスナが差し出している左手の人差し指にすぽっと嵌める。途端、細剣使いがなぜか体をびくっと反らせたが、何も言おうとしないので残った指輪を自分の左手に装備し、アスナのウインドウから小瓶をかっ攫う。

広い湿地を見渡しているラーヴィクに歩み寄り、

「ミントの精油、ありましたよ」

と差し出すと、剣士は髭面を綻ばせた。

「おお、それは良かった。ではナーソスの木を探すとするか」

小瓶を受け取り、笑顔のまま付け加える。

「なあに、もしヘマトメリベにひっつかれても、ちょっと我慢していればすぐどこかに行ってしまうさ」

途端、隣のキズメルがこの上なく嫌そうな顔をした。ほぼ同じことをアスナに言った前科がある俺は、曖昧な笑みを浮かべつつ微妙な角度で頷いた。

どうやらラーヴィクには、熟したナーソスの実の香りを嗅ぎ分ける特殊能力があったらしく、湿地に降りてほんの三分ほどで目当ての木を見つけ出した。

ミントの精油も効果は抜群で、三十秒ごとにひと垂らしするだけで吸血ウミウシはまったく寄ってこない。この情報はアルゴも知らないはずだが、そもそも《揺れ岩の森》はエルフ戦争キャンペーンをダークエルフ側で進めていなければほぼ用のない場所なので、六層で出逢ったクエスト専門ギルド《キューザック》が撤退したいま、ここを訪れるプレイヤーは当分いないだろう。

湿地の片隅にひっそりと生えていたナーソスの木は、現実世界のヤナギによく似た姿だが、水面近くまで垂れ下がった細い枝の先に、マンゴーのような形の果実が鈴なりになっている。これで色もマンゴーイエローならばちょっと齧ってみようという気になったかもしれないが、鮮やかな赤紫色に黄緑色の細い縦縞という、目がチカチカするようなカラーリングは警告色としか思えない。

アスナとキズメルも同じ感想を抱いたようだが、ラーヴィクは「あったぞ！」と歓声を上げ、ざぶざぶ水音を立てて近づくや枝を一本引っ張り上げた。先端の大きく膨らんだ実をもぎ取り、深々と匂いを吸い込んでから、躊躇なく齧り付く。

シャクッという爽快な音に続いて、甘さとスパイシーさが入り交じった複雑な香りが漂う。勢いよく咀嚼するラーヴィクが、ウッと呻き声を上げてぶっ倒れるような場面を想像したが、剣士旨そうに二口、三口と齧り続ける。

突然、視界左上のラーヴィクのHPバーに、ナーソスの実を図案化したアイコンが点灯した。バフなのかデバフなのか、図柄からは推測できない。ニルーニルによれば、この実は脱色剤の原料になるはずなのだが、ラーヴィクの黒髪が白髪になる様子もない。

うーむ……と思っていると、剣士は右手に持った実を囓りながら左手で新たな実をもぎ取り、俺に向けて放った。

「たくさんあるんだから、遠慮せずに食っていいぞキリト」

——遠慮してたわけじゃないんです。

という言葉を吞み込み、「ど、どうも」と礼を言うと、俺はちらりとナーソスの木を見た。実はざっと数えても五十個は生っていて、一つ二つ食べてもクエストクリアに必要な二十個を確保できなくなったりはしないだろう。シャツの裾でごしごし擦ってから、恐る恐る口を開けて囓る。

歯応えはマンゴーではなく梨とそっくりだが、香りはライチと胡椒を思わせる。皮は薄く、果肉はみずみずしく、甘さも充分で、これならいままでアインクラッドで食べたいろんな果物の中でもかなり上位の……。

突然、ビリビリッ！　と電撃のようなショックが俺の舌を貫いた。

「ほぐう！」

情けない悲鳴を漏らす俺を見て、ラーヴィクが愉快そうに笑った。どうやらこの兄は、弟のランデレン氏よりかなり気さくな人柄のようだ。なのに、いったいどんな罪を犯して、三十年も投獄されることになったのか。

そんなことを考えながら舌のビリビリが消えるのを待っていると、俺のＨＰバーにも派手な小アイコンが点灯した。この状態では効果は不明だが、調べる方法はある。急いでウインドウを開き、ステータスタブに移動。ここにも同じアイコンが表示されているので、指でタップする。

【ナーソスの気付け：麻痺耐性、スタン耐性が小上昇】

——微妙！

と思わずにいられないが、食べ残しをポイ捨てするわけにも、アスナに押しつけるわけにもいかないので、心の準備をしつつフルスピードで齧る。幸い、バフが続いているあいだはビリビリこないらしく、無事に食べ終えてふうっと一息。

顔を上げると、アスナとキズメルは木の反対側で手早く実を採取していた。二人の顔には、絶対に食べないぞという決意が漲っている。

いつか食事の時にこっそりアスナの皿に載せてやろうと考えながら、俺も採取に加わった。ラーヴィクによれば低い場所に生っている実ほど熟しているらしいので、下からもいでいく。予備も含めてアスナが十五個、俺が十個ストレージに入れると、クエスト更新のメッセージが浮かんで消えた。

これで、揺れ岩の森での任務はコンプリートだ。ラーヴィクに入れ物をくれと言われたので、ストレージから適当な布袋を出して渡すと、残っていたナーソスの実を十個近くも詰め込んでいた。本当にあのビリビリが好きで食べているなら、食通とは別の人種な気がする。

再びミントの精油を垂らしながら回廊の西端まで戻り、ここにもある階段を上って岩棚へ。

木のトンネルをしばらく歩くと、前方に白い光が見えてくる。

四人とも徐々に早歩きになり、最後はほとんどダッシュでトンネルから飛び出すと、そこは朝の光が降り注ぐ草原だった。

濃い緑に覆われた、低い丘が幾重にも連なっている。その彼方には、灰色に霞む巨大な塔——七層の迷宮区タワーが、地上と上層の底を繋いでそびえ立つ。

森の中はひんやりしていたのに、外はすでにかなり気温が上がってきている。穏やかな南風が緑の草を波打たせ、花の香りを運んでくる。

俺たちは草原を二十メートルほど進み、低い丘の上で振り向いた。

小山のようにそびえる森が、密生した梢をザザ……と鳴らしている。あの中に、神秘的な光に照らされた湿地と宮殿の如き巨樹が隠されているとは、外から見ただけでは想像できない。

俺たちが出てきたトンネルさえ、もうほとんど見分けられなくなっている。

しばらく耳を澄ませ、追っ手の気配がないことを確認してから、四人揃って思い切り伸びをする。

「うーむ……日の光というのはこんな色だったか……」

ラーヴィクが眩しそうに両目を瞬かせながら独りごちた。考えてみれば、このお兄さんは三十年以上もオクリビダケの緑色の燐光しか見ていなかったわけだ。

伸び放題の髭とくくり髪を南風になびかせている元囚人に、キズメルがかしこまった口調で語りかけた。

「……ラーヴィク殿、改めて礼を言わせていただきます。あのままでは私は、神官たちにゆえなき罪で裁かれ、獄に繋がれたまま汚名を雪ぐ機会を得ることも叶わなかったでしょう」

深々と頭を下げるキズメルに、ラーヴィクは少々厳めしさを取り戻した声で応じた。

「礼を言うのはまだ早いぞ、騎士よ。これでそなたは囚人ではなく逃亡者となってしまった。逃げるよう勧めたオレが言うのもなんだが、かけられた疑いを晴らす前に再び捕縛されれば、次は投獄されるだけでは済むまい。本当に大変なのはこれからだ」

「ええ、よく理解しております。四つの秘鍵をフォールン・エルフに奪われてしまったのは、ひとえに私の力が不足していたからです。一から鍛え直し、次は必ずや……」

「まあ待て」

右手でキズメルの言葉を遮ると、ラーヴィクは俺とアスナをちらりと見てから問い質した。

「そなたとキリト、アスナを一蹴したというフォールンの名は？」

「……剣伐のカイサラです」

「あの女か……。ならば敗れたのも無理はない。カイサラと一対一で剣を交えて勝てる、いや引き分けられる者は、黒エルフにも森エルフにも存在するまい」

「しかし……！」

鎧を鳴らして一歩前に出たキズメルに、ラーヴィクは諭すように告げた。

「カイサラの強さは、《剝伐》の二つ名が示す伝説が事実なら、聖大樹の皮を剝ぎ枝を伐って得たという呪われた力だ。いっぽう我らリュースラの民は、聖大樹の加護を失って久しい……。カイサラと互する力を得んとしても、基本どおりの修練では不可能だ」

「ならばラーヴィク殿は、これからもカイサラが現れるたびに尻尾を巻いて逃げろと仰るのですか⁉」

「そうは言わんさ」

大きくかぶりを振ると、ラーヴィクは再びこちらを一瞥し、続けた。

「騎士キズメル。そなたは、これまでリュースラの民もカレス・オーの民も一度として手にしたことのない力をすでに得ている」

「そ、それは……？」

「人族とのよすが……絆だ」

思わぬ言葉に、俺とアスナも小さく息を呑む。ラーヴィクは薄青く霞む上層の底を見上げ、仄かに哀切な響きを帯びた声で語った。

「我らエルフは、この浮遊城に囚われる以前から、他種族の民たちを劣った者と見なしてきた。人族も、ドワーフ族も、ヴィルリやシルフのような妖精族もな……。だが他種族の民たちにも、

それぞれかけがえのない力があるのだ。幻書の術や遠書の術のことを言っているのではないぞ。それはすなわち……」

　そこで言葉を途切れさせると、ラーヴィクは右手を伸ばし、キズメルの左肩を軽く叩いた。次いでこちらに歩み寄ってきて、俺とアスナの肩も叩く。

「お前たちにはもう、オレの言いたいことが解っている。心の導きに従えば、カイサラを……いやノルツァー将軍をも打ち破る力を得られるはずだ」

　――無理無理無理無理！

　という喚き声が口から飛び出しかけたが、ぐっと呑み込む。このキャンペーン・クエストを続けるなら、いつかはあのカーソル真っ黒な将軍とも戦わねばならないのだ。そしてもう俺とアスナに、キズメルを見捨てて途中で降りるという選択肢はない。

　立ち尽くす俺たちに、顔を横切る刀傷を歪めて微笑みかけると、ラーヴィクは身を翻した。背中越しに、穏やかな声が響く。

「世話になったな、キリト、アスナ。騎士キズメルのことを頼む」

　北に向けて歩き始める剣士に、アスナが呼びかけた。

「あの！　もう少しだけ……せめてこの層にいるあいだは、一緒に……」

　だがラーヴィクの足は止まらない。

　右手を掲げ、さっと一度振っただけで、そのまま遠ざかっていく。身にまとうのは擦り切れかけた囚人服とサンダル、武器は左腰のサーベル一本、食料は右腰の袋に入ったナーソスの実だけ。あの出で立ちでどこに向かおうというのか、俺には推測することもできない。

丘を下っていく後ろ姿が、草の海に隠れて見えなくなった。直後、視界左上からラーヴィクのＨＰバーが消滅した。

しばらく風の音だけが響いていたが、不意にキズメルがぽつりと言った。

「あの方は恐らく、先代のビャクダン騎士団の団長、ラーヴィク・フェン・コルタシオス殿だろう」

「「団長!?」」

俺とアスナは異口同音の叫び声を上げた。

ビャクダン騎士団というのは、リュースラ王国が誇る三つの近衛騎士団の一つだ。牢の錠前を無音で切断したソードスキルといい、二人の衛兵を峰打ちの一撃で叩きのめした腕前といい、ただ者ではないと思っていたがまさかそこまでの大物だとは。

「そ、そんな人がどうして三十年も牢屋に……？」

唖然としながら訊ねると、キズメルはそっと首を横に振った。

「公式の記録には残されていないゆえ、正確なところは私も知らないのだ。しかし……かつて耳にした噂では、ヨフィリス子爵と何らかの因縁があったとか……」

「「えっ」」

再びアスナと同時に叫ぶ。

俺はびっくりしただけだったが、アスナはすぐに得心したような声で言った。

「そっか……ラーヴィクさんの弟さん、ヨフィリス子爵を《レーシュレン》って呼んでたよね。もし弟のランデレンさんが子爵と親しいなら、お兄さん……とも……」

そこでアスナの言葉が不自然に減速した理由は、俺にも解った。

四層ヨフェル城の主、レーシュレン・ゼド・ヨフィリス子爵の顔には、額から左目を通って顎にまで達する縦一直線の傷がある。

そしてラーヴィク元団長の顔には、同じくらい深くて鋭い、横一直線の傷が。

俺とアスナは、答えを求めてキズメルを見た。だが騎士は、今度もそっと首を横に振った。

「……ヨフィリス閣下が口になさらないことを、私があだやおろそかに語るわけにはいかない。ラーヴィク殿は恐らく、霊樹を使って四層に……」

再び言葉を途切れさせると、キズメルは小さく息を吐き、表情を変えた。

まっすぐこちらに歩み寄るや両手を広げ、アスナをぎゅっと抱き締める。

「ありがとう、アスナ」

情感の籠もる声で囁いてから抱擁を解くと、俺に向き直る。笑顔で俺の背中に両腕を回し、ブレストプレートが軋むほどの力を込める。

キズメルとハグを交わすのは初めてではないにせよ、やはり気恥ずかしさは消えない……と思ったが、今回は無事に再会できたという感動のほうが大きかった。

「ありがとう、キリト」

という囁き声を左耳で受け止めながら、俺もキズメルの体を抱き締め返す。つい両目が熱くなるが、なぜかこのタイミングで無粋なクエストログ更新メッセージが流れ、意識を目の前の問題へと引き戻す。

当然だが、キズメルと再会できれば全て解決というわけではない。この層の連続クエストは《紅玉の秘鍵》というタイトルであり、つまりそれを入手するまで試練は終わらないのだ。

体を離したキズメルに、俺はまず、ずっと気になっていたことを訊ねた。

「あのさ……六層で、キズメルを譴責できるのは騎士団長か女王様だけだって言ってたけど、どうしてハリン樹宮の牢屋に入れられちゃったんだ？」

「ああ……そのことか」

キズメルも表情を引き締めると、ため息混じりに答えた。

「間が悪い……と言ってはなんだが、ちょうどハリン樹宮に上級神官が一人滞在していてな。彼は騎士団長と同級の権限を持っているのだ」

「それは……本当に運が悪かったな……」

俺もため息をつきそうになったが、ぐっと堪えて次の質問を口にする。

「でも、七層の秘鍵を手に入れて、ハリン樹宮まで運べば、キズメルにかけられた内通の疑いは晴れるんだよな？」

しかし騎士は、視線を伏せてゆっくり顔を左右に動かした。

「残念ながら、ことはそう単純ではないんだ。私が内通の嫌疑をかけられたせいで、エンジュ騎士団そのものが秘鍵回収任務から手を引くことになるらしい。明日には王城からビャクダン騎士団かカラタチ騎士団の回収部隊が派遣され、七層の《秘鍵のほこら》に向かうだろう。私が彼らに先んじて秘鍵を回収したり、万が一ほこらで鉢合わせしたりすれば、問題はいっそう複雑になってしまう」

「う〜〜〜〜……」

すでに話は充分複雑に聞こえる。俺は唸りながら頭の中でキャンペーン・クエストの状況を整理した。

そもそも黒エルフが、アインクラッドの三層から八層にかけて点在するほこらに封印された《六つの秘鍵》の回収に乗り出したのは、敵対する森エルフが秘鍵を狙っているという情報がもたらされたからだ。

三つの騎士団が降って湧いた重大任務を奪い合い、最終的に軽装敏速を身上とするエンジュ騎士団が秘鍵回収に当たることとなった。そして三層に派遣された数十人規模の先遣部隊に、騎士のキズメルと薬師である妹ティルネルも所属していた。

先遣部隊は三層で森エルフの部隊と遭遇、戦闘になり、多くの犠牲者が出た。ティルネルもその時に命を落とした。先遣部隊の司令官は半減した人員で任務を継続するべく、複数の部隊で森エルフを陽動し、その隙にたった一人が隠密行動で秘鍵を回収するという作戦を立てた。その危険な役目に立候補したのがキズメルだ。

キズメルは見事に三層のほこらから《翡翠の秘鍵》を回収したものの、野営地に戻る途中で森エルフの騎士と遭遇してしまい、戦闘になった。あわや相討ちというところで俺とアスナが乱入し、ベータテストでは絶対に倒せなかったはずの森エルフ騎士を倒した。

その後、俺とアスナは正式にキズメルの協力者となり、四層、五層、六層の秘鍵も首尾良く回収したのだが、ガレ城で知り合った小規模ギルド《キューザック》のメンバーをPK集団の黒ポンチョ男に人質に取られ、要求された四つの秘鍵をキズメルに城から持ち出してもらい、指定された場所に赴いたところ、フォールン・エルフの副将カイサラが現れて、圧倒的な力で俺たちを一蹴して秘鍵を全て奪い去ってしまった……というわけだ。

あのタイミングが偶然だとは到底思えないし、PK集団のモルテやダガー使いがフォールン・エルフの短剣と毒ピックを持っていたという傍証もある。つまり何がどうなったのか、PK集団とフォールン・エルフという現在のアインクラッドの二大危険勢力が手を組んでしまったようなのだが、目下の問題は黒エルフの内部事情である。

キズメルが所属するエンジュ騎士団が、秘鍵回収作戦を指揮する神官たちの不興を買って、任務を取り上げられてしまったのなら、それは秘鍵の持ち出しを頼み込んだ俺たちのせいだ。

キューザックのメンバーたちを助けるためだったとはいえ、それは人族――いやプレイヤーの事情であって、本来黒エルフたちには関わる義理はない。なのにキズメルは一瞬も迷わずに城から秘鍵を持ち出してくれたのだから、今度は俺たちがいわれなき汚名をなんとしても雪いでやらなくてはならない。

「……〜〜〜ん」

数秒かけて状況の整理を終えた俺は、顔を上げて言った。

「つまり、ビャクダン騎士団かカラタチ騎士団の回収部隊が任務に失敗して、そのあと俺たちが秘鍵を回収するぶんには問題ないってことだよな？」

するとキズメルとアスナが姉妹のようによく似た猜疑の表情を浮かべた。

「おいキリト、まさか回収部隊の邪魔をしようというんじゃないだろうな？」

「そうだよキリト君、いくらなんでもそこまでしたら一線を越えちゃうよ」

「し、しない、しないよ！」

慌てて否定しつつ、どう説明したものか懸命に考える。

俺が、新たな回収部隊が失敗する可能性を口にしたのは、これが《俺とアスナのクエスト》だからだ。ＲＰＧのクエストは基本的に、プレイヤーが苦労するようにできている。当然だ、待っているだけで他のＮＰＣが目標を達成してくれるなら、そんな楽な話はない。

しかしそのいっぽうで、競争型のクエストというものも存在する。ＮＰＣと目標達成を争い、勝てばクリア負ければ失敗。現在進行中の《紅玉の秘鍵》がその展開に突入しているのなら、新手の回収部隊が秘鍵を入手した瞬間にエルフ戦争キャンペーンそのものが失敗と判定され、クエスト終了となってしまう可能性もある。

というような推測を、しかしキズメルには説明できない。彼女にとってこれはゲームのクエストではなく、本物の任務であり本物の人生なのだから。

いまウインドウを開いてクエストログを見れば、更新されたガイドテキストが行動の指針を与えてくれるかもしれない。しかしキズメルの前でそれはしたくない。あくまで俺たちが自分の頭で考え、最善と思う行動を選ばなくては。

「……キズメル、この層の秘鍵のほこらってどこにあるんだっけ？」

ベータ時代から変更になっている可能性を考え、俺はそう訊ねた。すると騎士は少し考えるそぶりを見せてから、迷宮区タワーの方角を指差した。

「指令書を見ていないから断言はできないが、確か《天柱の塔》のいくらか南だったはずだ」

ならばベータから変わっていない。ウォルプータと迷宮区タワーの間にあるプラミオという街から西に進めば、一時間足らずで到着できたはずだ。

「そっか。……新しい回収部隊ってのは、明日には七層に来るんだよな？　具体的にはいつ頃になるか、見当つくか……？」

俺の無理難題に、キズメルは一瞬苦笑してから答えた。

「さすがに時刻までは解らないな。しかし、伝令がハリン樹宮から北の霊樹を通って九層の城まで行き、神官たちがビャクダン騎士団とカラタチ騎士団のどちらに任務を与えるかを決め、回収部隊を編成して霊樹で七層へ……と考えるとやはり今日中には不可能だろう。明日の朝に九層を出発し、霊樹経由で秘鍵のほこらに到着するのは、早くとも明日の正午あたりではないだろうか」

「正午ね……」

呟き、ええいままよと行動方針を決定する。大きく息を吸い、吐くと、俺はキズメルとアスナを順に見てから言った。

「紅玉の秘鍵を俺たちが回収しちゃうわけにはいかない以上、キズメルの疑いを晴らすには、奪われた四本の秘鍵を取り戻すしかない」

「えっ……」とアスナが声を上げ、

「何だと？」とキズメルも唸った。

「ちょっとキリト君、本気なの？　確かに、それができるなら話は早いけど……秘鍵がどこにあるのかも解らないんだよ？」

まくし立てるアスナから、もう一度キズメルに視線を移し、俺は言った。

「たぶんフォールン・エルフは、紅玉の秘鍵を手に入れた回収部隊を、ほこらからの帰り道で襲撃するはずだ。いままでもほとんどそうだったからな」

「…………」

　黙り込むキズメルに、俺は彼女の中の善悪ラインをぎりぎりまで攻めるであろう作戦を説明した。

「俺たちはほこらの出口あたりに身を隠して、秘鍵を手に入れて出てきた回収部隊を追跡する。フォールン・エルフが襲撃してきたら少し様子を見て、回収部隊が問題なく撃退できた場合は、撤退するフォールンの後をつける。もし負けそうなら助太刀に入って、その場合も逃げるフォールンを追いかけてアジトを突き止める」

　俺が口を閉じても、キズメルはしばらく黙ったままだった。

　五秒ほど経ってから、ぽつりと言葉を発する。

「つまり、回収部隊を囮に使おうというのか」

「い……いやいや、俺たちがいようがいまいがフォールンは襲ってくるだろうから、囮にするのとはちょっと違うよ。それに、危なそうなら戦闘に加わるわけだし……公平に見て人助けが八割、残り二割でちょっと利用させてもらう、くらいじゃないかなと」

「…………」

　キズメルは再び沈黙してしまう。これは説得失敗か……と思ったその時、騎士は小さく肩を震わせ、やがて密やかな笑い声を漏らした。

「ふ、ふふふ……相変わらずだな、キリト。ラーヴィク殿が言っていた、《人族のかけがえのない力》というのは、お前の場合はその図太さかもしれないな」

え～、このナイーブ少年を捕まえてそれは酷いよ、と言う間もなくアスナも笑った。

「あはは、間違いないわね。そんな作戦、わたしには絶対思いつけないもん」

ほんとかな～、と思うがここでそれを口にしないくらいの賢明さは、それなりに長いコンビ生活で獲得している。わざとらしい咳払いをするに留めておいて、二人の意思を確認する。

「じゃあ、ひとまずの方針はそんな感じでいいかな？」

「まあ、いいだろう」「わたしもいいよ」

キズメルとアスナが頷いたので、俺はちらりと時刻表示を見た。まだ午前八時を少し回ったところだ。現在地は揺れ岩の森の南側ではなく西側なのでいくらか遠回りになってしまうが、急がなくても十時にはウォルプータに到着できるだろう。ニルーニルに指示された午後一時には楽々間に合う――いや、少し急いで、一人寂しくウルツ石集めをしているアルゴを手伝ってやったほうがいいか。

しかしそれも、キズメルがウォルプータへの寄り道に同意してくれれば、だ。まあ、六層のスタキオンでも物珍しそうにしていたし嫌とは言わないだろう……と思いながら、俺は騎士に向き直った。

「で、キズメル、ちょっと相談なんだけど……」

12

アルゴは、キズメルとは四層のフロアボス戦の直前に一瞬遭遇したことがあるくらいでほぼ初対面だが、ミィアやセアーノ、ニルーニル、キオといった高度ＡＩ化ＮＰＣと交流を重ねてきたせいか、さして途惑う様子もなく合流を歓迎してくれた。

しかしそれでも、エルフ戦争キャンペーン・クエストのコンパニオンＮＰＣたるキズメルが、まったく無関係のウルツ石探しを快く手伝ってくれたのは、《鼠》にとっても想定外の展開だったようだ。広い河原で、アスナとお喋りしながら楽しそうに作業しているダークエルフ騎士を何度も見やり、「フーム」だの「イヤハヤ」だのと呟いていたのは、良からぬこと――たとえば経験値稼ぎに付き合わせるとか――を考えていたからではないと思いたい。

問題のウルツ石は、直径二センチほどの黒っぽい鉱石で、特徴的な金属光沢はあるものの、確かにこれを真夜中に探し回るのは効率が悪すぎるだろう。しかも色は似ているが光沢のないニセウルツ石や、色も質感もそっくりだが拾うとハサミで指を挟んでくる川蟹が面倒くささを五割増しにしている。

それでも、アルゴがすでに二十個以上見つけていたので、残りを四人がかりで拾い集めるのには一時間もかからなかった。クエストログが更新されたのを確認し、アルゴがストレージから取り出した瓶入りのフルーツジュースで乾杯してから、河原のすぐ東にあるウォルプータの街に向かう。

キズメルは、六層のスタキオンに入った時のように、薄闇色のマントのフードを深く被り、鎧もマントでしっかりと隠した。それでも門を通る時は少々緊張させられたが、門番NPCはまったく警戒する様子もなく俺たちを通してくれた。

ウォルプータの西門は、東西に連なる海岸に築かれたウォルプータの北西の角にあるので、門をくぐればすぐに純白と紺青の街並みを一望できる。小さな広場で立ち止まったキズメルは、しばらく黙り込んでから吐息に乗せて呟いた。

「これは……実に美しいな。六層のスタキオンは四角四面としすぎていて落ち着かなかったが、この街はしばらく滞在してみたいくらいだよ。南に見えるのは海か？」

その問いに、俺は少々首を傾けながら答えた。

「アインクラッドにある以上、本物の海とは言えないと思うけど……でもいちおう塩水だよ」

「では恐らく、《大地切断》のおりに、海の端が切り抜かれたのだろう」

というキズメルの言葉に、アスナが「ああ」と声を上げた。

「そっか、そういうことなのね。じゃあもし、小さい島が一個だけ切り抜かれた層があったら、そこは面積の大部分が海ってことになるわけね」

確かに理屈ではそうなる。俺はアスナの想像力に感服しつつ言った。

「だったら攻略がめっちゃ楽だな。主街区を出たら目の前に迷宮区が立ってるわけだろ？」

途端、アスナとキズメルは呆れ顔でため息をつき、アルゴがやれやれとばかりに首を左右に振った。失地を回復するべく、咳払いして続ける。

「えーと、そうだ、通行証が手に入ったらキズメルもビーチ……浜辺に行こうぜ。海に入ったことないんだろ？」

「それは無論ないが……通行証とはなんだ？」

怪訝そうな表情を浮かべる騎士に、俺は浜辺全体が一般人利用禁止であることを説明した。だがキズメルの疑問は解消されない。

「そのような規則に、よく街の住民全員が従っているな。いったい、立ち入りを禁じているのは何者なのだ？」

「えーと……これから会いに行く人、かな……」

そう答えてからしまったと思う。誇り高きダークエルフ騎士たるキズメルと、エルフ以上の尊大さを誇るニルーニル様、そして主人に絶対の忠誠を誓っている戦闘メイドことキオの相性がいいとは到底思えない。対面前に印象値を下げてしまったのはどう考えても悪手……だが、キズメルをカジノの外で一人待たせておくわけにもいかない。

キズメルとキオのどちらか、あるいは両方が武器を抜くような展開にならないよう祈りつつ、俺は言った。

「ほんじゃまあ……そろそろ行こうか」

ウォルプータ・グランドカジノは、まだ昼前なのにたくさんの客が出入りしていた。

幸い、その中にALS、DKBメンバーは見当たらない。アスナがリーテンにメッセージで訊いたところ、昨日の大敗の傷を癒やすために深夜まで反省会という名の飲み会を繰り広げ、両ギルドとも今日の活動開始は正午からだという。

大敗と言っても、モンスター闘技場の最終試合でスったチップ五万枚＝五百万コルは虎の巻の予想にそのまま乗っかって殖やした額で、実質的な損失は元手の一万一千コルだけじゃないか……と思わなくもないが、それだって決して端金ではないし、同じ目に遭えば俺だって飲んだくれる。

果たしてリンドとキバオウは、今日のモンバトにも挑戦する気なのか。それともぶっ壊れ剣ことソード・オブ・ウォルプータのことは忘れて、フロア攻略に集中するのか。

できれば後者であってほしい、と思うのは単なるやっかみではなく、闘技場で不正と陰謀が横行していることを知っているからだ。コルロイ家は恐らく昼の部と夜の部合わせて十試合の大半でインチキを仕込み、客のチップをごっそり巻き上げている。ALSとDKBに虎の巻を売ったという男も、間違いなくコルロイ家の手先だろう。

もっとも、虎の巻売りがいたのは主街区レクシオの西門前だったというから、今日の試合の虎の巻を手に入れるにはわざわざレクシオまで戻る必要がある。リンドとキバオウもさすがにそこまではしないだろうし、予想なしで闘技場に挑むとも思えない。今朝アスナにも言ったが、恐らく二人とも、一万一千コルは勉強代だと思って諦めるのではないか。

そうであってくれと祈りながら、俺は女性陣に続いてグランドカジノの建物に入った。

アルゴが出した通行証で三階へと上り、超高級ホテルの薄暗い廊下を歩いて、十七号室の前へ。

昨日と同じくアルゴがドアを二回ノックすると、中からキオの声がした。

「どなた？」

「アルゴだヨ。あと、ツレ……じゃなくて助手が三人」

「一人増えたのか」

「大丈夫、キリトよりよっぽどちゃんとした人だヨ」

一瞬「なんだと」と思ったがまごうことなき真実だ。少ししてカチッと解錠音が響き、ドアが開く。

アルゴ、アスナ、キズメル、俺の順で中に入ったところで、再度の時刻確認。十一時三十分――ニルーニルに指定された午後一時より九十分も早い。だからと言ってボーナスはくれないだろうし、そもそもこのクエストを受けているのはアルゴで、俺とアスナの報酬は金ではなく《スノーツリーの蕾》の入手法である。

広大なスイートルームは、昼間なのに昨夜と同じくらい薄暗かった。窓は分厚いカーテンで完全に遮光され、いくつかのランプ——もちろんオクリビダケではない——が遠慮がちな光を放つのみ。

その明かりに照らされた巨大なソファーは、どう見ても無人。ありゃ、と瞬きしていると、俺たちの正面に立ったキオがほんの少しだけすまなさそうに言った。

「ニルーニル様はまだお休みなのだ。十二時には起きてこられるから、お茶でも飲んで待っていてくれるか」

「そりゃモウ。こっちこそ、早く来ちゃって悪かったナ」

アルゴがそう答えると、キオは後ろの俺たちに視線を移した。フードを目深に被ったままのキズメルを見て、ツリ目をわずかに細める。

「そちらの方も冒険者か？」

「……いや……」

キズメルは、少し迷う素振りを見せてから、ゆっくりとフードを外した。

途端——。

「——リュースリアン！」

鋭く叫んだキオが、左腰のエストックに手を掛けた。キズメルも、サーベルの柄を握るには至らずとも、素早く左足を引いて半身になる。

俺は慌てて一歩前に出ながら、「リュースリアンって何？」と呟いた。すると隣からアスナが「リュースラ人のことかな」と囁き返してくる。なるほどね！　と納得した勢いで、キオに「カレス・オー人はなんて呼ぶんですか？」と訊いてしまう。

すると戦闘メイドは、剣呑な表情のまま律儀に答えてくれた。

「……カレシアンだ」

「なるほどぉー」

「そんなことより、なぜリュースリアンがここにいる！」

「なぜって言われても、仲間だからとしか……」

そんなやり取りをしていると、左の壁にあるドアが開き、小さな人影がスリッパをぺたぺた鳴らしながらリビングに入ってきた。

「なあに？　騒がしいわね……」

そう言ってから大あくびしたのは、腰下まで垂れたふわふわの金髪と透き通るほど白い肌、宝石のような深紅色の瞳を持つ少女だった。左腕で巨大な枕を抱きかかえ、黒のネグリジェを身につけている。頭上には、クエスト進行中の印である【?】の立体アイコン。

ウォルプータ・グランドカジノを支配する二家の一つ、ナクトーイ家の当主ニルーニルは、無人の五人掛けソファーの前で立ち止まるとこちらに向き直った。この場の誰より身長が低いのに、なぜか高いところから見下ろされているような気分にさせられる。

エストックを抜く寸前だったキオは、騒ぎを恥じるように一礼したものの、キズメルと対峙する位置から動こうとしない。

そのキズメルが取った行動に、俺は驚愕のあまりぽかんと口を開けてしまった。

無言でニルーニルを見詰めていたと思ったら、いきなり絨毯に左膝を突いたのだ。右手を胸に当て、深々と頭を下げて──。

「私はリュースラの騎士、キズメルと申す者。お休みの折にまかりこしたこと、心よりお詫びする」

視界の端で、アスナも両目を丸くするのが見えた。

確かにニルーニル様には女児離れした威厳があるし、ウォルプータを築いた英雄ファルハリの子孫でもあるが、つまるところ賭場の元締めであり、貴族や王族ではない。なのに誇り高い近衛騎士のキズメルが、膝を突いてまで恭敬の念を示すとは。そんなこと、ヨフィリス子爵にもしなかったのに。

しかしニルーニルは、当然とばかりに軽く頷き、言った。

「気にしないで、キズメル。アルゴたちを手伝ってくれたんでしょう？　なら、あなたも私のお客様よ。立ってソファーにかけてちょうだい。キオ、みんなにお茶を」

「……剣を預からなくてよいのですか？」

キオの問いに、若き当主はあくびを堪えるような仕草をしながら答えた。

「いいわ、リュースラの騎士が暗殺なんか引き受けるわけないもの」

左腕で抱えていた枕を、すでにクッションがいくつも載っている五人掛けソファーの真ん中に落とし、その隣にぴょんと腰掛ける。

ようやくキズメルが立ち上がったので、俺たちも移動し、向かい合わせに置かれた三人掛けソファーに俺とアルゴ、アスナとキズメルに分かれて座った。すかさずキオがローテーブルにカップを並べ、淹れたての紅茶を注いでくれたので、礼を言って一口する。

昨日とは違う茶葉らしく、マスカットではなく柑橘系の香りがするが、同じくらい美味い。美味いのだが——正直、お茶よりお茶菓子が欲しい。何せ、今日の早朝からいまのいままで、ナーソスの実を囓ってビリビリしただけなのだ。しかしまさか注文するわけにもいかないし、同じくらいハラペコなはずのアスナたちが涼しい顔をしているので、腹筋に力を入れてぐっと堪える。

昼間だからか、ニルーニルもワインではなく紅茶を啜っていたが、やがて眠気が醒めたのかアルゴを見て言った。

「それで……お願いしたものは集まったのかしら？」

「もちろんだヨ。ここで出していいのカ？」

「ちょっと待って。キオ、大鉢を二つお願い」

「はい」

キオが壁際のキャビネットから大きな銀色のボウルを二つ運んできてローテーブルに並べ、ニルーニルがそれを掌で指し示す。

俺とアルゴは顔を見合わせ、同時にストレージを開いた。俺は大サイズの、アルゴは小サイズの布袋をオブジェクト化し、中身をボウルに空ける。

ニルーニルはまず毒々しい色をしたナーソスの実を一つ取り、しげしげと眺めてから戻した。次にウルツ石を摘まみ上げ、同じく検分して戻す。

「……熟したナーソスの実二十個とウルツ石五十個、確かに受け取ったわ。ご苦労様……キオ、報酬を」

メイドが小さな革袋を差し出し、受け取ったアルゴが「毎度！」と言った途端、ニルーニルの頭上の【?】マークが消えた。

――と思ったら、またしても【!】マークが現れる。どうやらクエストはまだ続くらしい。

ニルーニルは紅茶を一口飲むと、半ば独りごちるように言った。

「これで脱色剤を作れる。例のラスティー・リカオンが出場するのは夜の部の第二試合だから、時間もたっぷりあるわ。ただ……そろそろコルロイ家の連中も、毛皮染めのインチキがばれることを警戒してると思うのよね」

「警戒していたとしても、すでに登録されているモンスターを引っ込めるわけにはいかないのではないか？」

そう問い質したのは、俺でもアスナでもアルゴでもなくキズメルだった。

カジノまでの道中で、事情は簡単に説明しておいたのだが、それにしても驚くべき理解力だ。AIなんだから当然、とは思いたくない。キズメルは——いやSAOの高度AI化NPCは皆、自分で考え、迷い、悩み、時には間違いながらも最善と信じる選択を重ねていける存在なのだ。

恐らくキズメルと同等の高度AIであるニルーニルは、こくりと頷いてから答えた。

「そのとおりよ。いちど登録した怪物は、絶対に出場させなければならない。グランドカジノの長い歴史でも、その掟が破られたのはたった二回……コルロイ家の使用人が怪物に餌を与えるのを忘れていて、試合直前に飼い慣らしが解けて暴れ始めたのでやむなく処分したのが一回。カジノ裏の厩舎に忍び込んだナクトーイ家の子供が、怪物を憐れに思って逃がしてしまったのが一回。どっちも馬鹿馬鹿しい話だわ」

吐き捨てるようなニルーニルの言葉に、キオが何か言いたそうな素振りを見せたが、すぐに表情を消した。頷いたキズメルが、話を続ける。

「では、コルロイ家が警戒しようがしまいが、リカオンの毛皮を染めた色を抜くという……まさかナーソスの実にそんな使い道があるとは知らなかったが、その作戦を実行するにあたって障害とはならないだろう」

「ならない……と、私も思うわ。けど、どうせなら万全を期したいの」

ニルーニルは、俺の隣のアルゴに視線を移すと、真顔で言った。

「ねえアルゴ、あなたたちならまだコルロイ家に警戒されていないはず。リカオンに脱色剤を振りかける役もやってくれないかしら？」

「ン、ン〜〜〜」

とアルゴが唸ったのは、俺とアスナ、キズメルには別ラインの重要ミッションがあることを慮ったからだろう。しかし黒エルフの秘鍵回収部隊がこの層に来るのは、キズメルの読みでは明日の昼だし、俺もかつてモンスター闘技場に全てを賭けたギャンブラーとして陰謀の結末が気になる。

目配せで「問題ない」と伝えると、アルゴは軽く頷いてニルーニルに向き直った。

「いいヨ、引き受けル」

「そう、良かった」

ニルーニルが微笑んだ途端、頭上の立体アイコンが【？】に切り替わる。紅茶を飲み干すと立ち上がり、ぽんと手を叩いて言う。

「そうと決まれば、脱色剤を作らないとね。キオ、鍋を用意してちょうだい」

「えっ……ここで作るんですか？」

驚いて訊ねると、キオはほんのり蔑むような視線を浴びせてきた。

「まさか、カジノの厨房で作れっていうの？　コルロイ側に五秒でばれるわよ？」

「そ……そうですね、仰るとおり」

「下らない質問をした罰として、お前も手伝いなさい、キリト」

視界にクエストログ更新メッセージが流れないので、これは正式なクエストではなく単なる下働きらしい。しかしもはや、嫌と言える状況ではない。

「よ、喜んで」

「じゃあまず、そのナーソスの実の汁を搾って」

「いいですけど……道具は？」

「お前の腕の先に、立派な道具がくっついてるでしょ」

どうやら手で搾れと言っているようだ。そんなんでいいのかよ……と思ってしまうが、この世界でジューサーやミキサーを見た記憶はない。

「果汁はここに」

　とキオがガラスのボウルを新しく用意してくれたので、俺は銀のボウルからナーソスの実を一つ摑み上げた。梨のような食感からして、筋力全開で握り締めたら粉々に飛び散ってしまうだろう。ガラスボウルの上で徐々に力を込めていくと、赤紫色の皮に走る黄緑色の縦縞が裂け、そこから乳白色のジュースが勢いよく溢れて俺の手を塗らし、ボウルに滴っていく。

　少し遅れて甘くスパイシーな香りも漂い始め、味は良かったんだよなあ、あの電撃みたいなやつさえなければなあ……と考えた、その時。

　ビリッ！　という超強力静電気のようなショックが掌を貫き、俺は悲鳴を上げてナーソスの実の搾りかすを放り出した。

「ッツアァ——!!」

　右手を空中に掲げて身もだえする俺を見て、ニルーニルが腰からソファーに倒れ込みながらけたたましい笑い声を響かせた。

「あはは、あはははは!!」

「はうおお……に、ニル様、知ってたな!」

「あはははは、つああーだって、あはははは!!」

　両足をじたばたさせながら笑い転げるニルーニルに飛びかかり、泣くまでくすぐりまくってやりたいところだが、ネグリジェ姿の少女にそれはいささか不適切だし、キオにエストックで風穴を開けられてしまう気もする。

　ショックの余韻に耐えつつ見回すと、隣のアルゴも、向かいのソファーに座るアスナとキズメルも楽しそうに笑っている。まさかと見上げれば、キオまで顔を背けて背中を震わせているではないか。

　——いいんだ、皆がひとときの憩いを味わってくれたのなら。

　自分にそう言い聞かせた直後、俺はナーソスの実があと十九個もあることに気づき、鼻からフスーと息を吐いた。

13

一時間後——午後十二時五十分。

俺は一人でグランドカジノ一階のプレイルームをぶらぶらしていた。

ナーソスの実の果汁搾りは、ニルーニルが防水加工された革手袋を貸してくれたので二個目からは電撃なしで終わらせられた。最初から貸してくれれば……と恨み言を口にしたところ、「それじゃ面白くないでしょ」と大変素直なお言葉が返ってきた。

ボウルにたっぷり溜まった果汁を、キオが分厚い銅の鍋に移し、そこに五十個のウルツ石を静かに沈めて火に掛けた。あとはとろ火で三時間ほど煮詰めれば、小瓶ひとつぶんの脱色剤ができるという。どうせなら倍の材料で予備も作っておけば、と思わなくもないがそこはRPGのクエストらしく一発勝負ということなのだろう。檻の目の前に陣取って、戦闘前のリカオンに脱色剤を振りかけるだけなら、失敗する可能性はほとんどないはずだ。

火の番をキオに任せ、ニルーニルとアスナ、アルゴ、キズメルはホテル付属のスパに行ってしまったので——俺も誘われたが丁重に辞退した——、階段の通行証を貰って一階まで降り、プレイルームのバーカウンターでクラブハウスサンドイッチを注文して空きっ腹に詰め込み、ようやく人心地ついた気持ちでプレイルームをぶらついていると。

ルーレット台を覗き込んでいる、大柄な男性プレイヤーの姿が目に入った。派手な柄シャツにカーキ色のハーフパンツ、長い金髪を細めのヘアバンドで押さえた出で立ちは……ＤＫＢの両手剣使い、《サッカー部員》ことハフナーだ。近くに仲間は見当たらない。

くわばらくわばら、と遠ざかろうとしてふと気付く。リーテン情報によれば、ＤＫＢは正午から攻略活動を再開しているはずだ。なのになぜサブリーダー格のハフナーが、一人でカジノをふらついているのか。

少し考えてから、俺はハフナーにこっそり近づき、いきなり背中を叩いた。

「オッス、ハフさん」

大きな体をびくっと硬直させてから振り向いたハフナーは、俺を見た途端に渋面を作った。

「……ブラッキーさんか。ツレってわけじゃないんだからあだ名で呼ぶなよ」

「そっちだってあだ名呼びだろ」

「そりゃあ……まあ、別にいいけどよ」

ふんと鼻を鳴らし、俺の左右に目を走らせる。

「……相棒はいないのか？」

お風呂中、と答えるのはやめておいて短く答える。

「ちょっとね。それより、ハフさんこそ一人なの？　ＤＫＢは昼から活動開始って聞いたけど」

「ああ……ほとんどのメンバーは外でクエスト潰し兼レベル上げしてるよ」

と素直に教えてくれるのだから、根っこは素直な人間なのだ。しかし俺はひねくれ者なので、ハフナーの人の良さにつけ込むべく畳みかける。

「ならどうしてここに？　サブリーダーが若いもんの面倒見なくていいのか？」

「仕方ないだろ、オレには別の仕事があるんだよ」

「仕事……？　これが？」

俺がルーレット台を指差すと、両手剣使いは太い首をすくめた。

「賭けが目的じゃねぇよ。何でも、モンバトが始まる前にここでちまちま遊んでると、虎の巻売りが現れて……」

そこでガチッと歯が鳴るほどの勢いで口を閉じ、しかめっ面になる。

「クソ、言わなくていいことまで言っちまった。もうどっかに行ってくれ」

と言われて引き下がるわけにはいかない。ハフナーの台詞に、不穏な単語が含まれていたからだ。

「ちょ、ちょっと待った。虎の巻売りって、昨日レクシオの西門であんたらに声を掛けてきたっていうオッサンのことか？」

「おいブラッキーさん、なんでそんなことまで知ってるんだよ」

「いいから言えって。レクシオの虎の巻売りがここに現れるのか？　誰からの情報だ？」

詰め寄ると、ハフナーはいっそうの渋面を作りながらも教えてくれた。

「誰からかは知らねーよ、うちのメンバーがそんな噂を仕入れてきたんだ。ガセかもしんねーけど、ほら、あそこ見てみろよ」

　そう言ってハフナーが小さく指差した方向を見やる。すると、かなり離れたルーレット台に見覚えのあるプレイヤーが貼り付いていた。あれは……ＡＬＳの三叉槍使い、北海いくらだ。

「他にもＡＬＳの連中が数人、ポーカーだのクラップスだのやってるぜ。たぶん全員、虎の巻目当てだろ」

「……ってことは、ＤＫＢもＡＬＳも、今日のモンバトにまた挑戦する気なのか……？」

　唖然と呟いた俺を、ハフナーがじろりと睨んだ。

「懲りてないのかって言いたいのかもだけどな、ブラッキーさんもあの剣のぶっ壊れスペックを見ただろ？」

　そう言って親指を向けたのは、フロアの中央にある交換カウンター——その最上部で燦然と輝く、黄金の長剣だ。

「あれをゲットできれば、この層どころか十層あたりまで無双できるぜ。あんただって片手剣使いなんだから、欲しくないとは言わせねーぞ」

「欲しくないとは言わないけどさ……。でもＡＬＳのキバオウは片手剣使いだけど、おたくのリンドは曲刀使いだろ？　いまから武器スキルを取り直すのか？」

「まさか、リンドさんはそんなケチ臭い人じゃないよ。ウチだとシヴァタが使うことになるだろうな」

DKBのもう一人のサブリーダー、《陸上部員》ことシヴァタは確かに片手剣使いだ。なるほどね、と頷いてから続ける。

「……でも、昨日のモンバトは、虎の巻の予想に従って全額スったんだろ？　今日も同じことにならない保証があるのか？」

「だから、なんでそこまで知ってるんだよ……」

再び顔をしかめたハフナーは、話はここまでだと言わんばかりに腕組みをした。

「これ以上は企業秘密だ。さあ、本当にもう行ってくれ。オレは虎の巻売りを釣り上げないといけないんでな」

——その虎の巻売りは、十中八九コルロイ家の手先なんだぞー。

という言葉をぐっと呑み込む。いまのハフナーに言っても信じやしないだろうし、そもそもコルロイ家という名前すら知るまい。

「解ったよ、お礼にいいこと教えてやる」

「……何だ？」

「ルーレットのディーラー、赤黒の柄の蝶ネクタイしてるだろ？　あれの黒の面積が大きいと、ボールが黒のポケットに入る確率が高い。赤だとその逆」

「……マジで？」

目を丸くするハフナーに、にやっと笑いかける。

「っても、六対四くらいの偏りだから過信はできないけどな。じゃあな」

手を振り、ルーレット台から離れた途端、俺は笑みを消した。

DKBとALSが、またしても虎の巻頼りの大勝負をするというのはきな臭すぎる情報だ。しかも今日は向こうから売りに来るのではなく、賭けをしていると現れるという手の込んだ段取りに変わっている。これなら確かに《詐欺に引っかけられている感》は半減するだろう。

大勝負の結果、どちらかが首尾良く《ソード・オブ・ウォルプータ》を入手できればそれに越したことはないが、恐らくそうはなるまい。コルロイ家は、今日も両ギルドから大金を巻き上げる策をあれこれ講じているはずだ。

プレイルームからホールに引き返した俺は、いったん三階に戻り、アスナたちと相談するために階段へ向かおうとした。だが、まだスパから帰ってきていない可能性に気付き、立ち止まる。時間を有効に使うために、もう少し情報収集をしてからでも遅くない。

そう言えば、先ほどニルーニルが気になることを言っていた。カジノ裏の厩舎に忍び込んだ子供が、怪物を憐れに思って逃がしてしまったことがある……とかなんとか。

ベータテストの時に、カジノの内部は行ける範囲で探索し尽くしたつもりでいたが、建物の裏に厩舎があるとは知らなかった。しかし確かに、バトルアリーナでは一日で二十匹ものモンスターが戦うのだから、それを待機させておく場所が必要だ。行ってみれば、何か摑めるかもしれない。

たくさんの客が行き交うメイン通路を通ってカジノの外に出ると、豪華なファサードの前で立ち止まり、どこに行くか迷う素振りで周囲を見回す。

大理石のポーチから広い階段を降りるとすぐ正面ゲートだが、左右にも小さな階段があり、植栽の中を細い通路が延びている。背後のエントランスの左右に立つ衛兵の視線が気になるが、入ってはいけないなら最初から封鎖されているだろう。のんびりした歩調で階段を降り、左の通路に入る。

丁寧に整えられた植栽を眺めながら二十メートルばかり進むと、通路はあっさり行き止まりになってしまった。行く手を遮るのは、黒い鋳鉄の門。高さは二メートル半ほどもあるか。

恐らく、反対側の通路も同じだろう。カジノの裏手に行くには、どうにかしてこの門を越えなくてはならない。たぶん敷地の裏側には、手なずけたモンスターを搬入するためのゲートがあるはずだが、正門より警備が固いことは容易に想像できる。

いまの俺の筋力と敏捷力では、垂直ジャンプで二メートル半の門を飛び越えることは不可能。恐らくそんな真似ができるようになるのは、レベル80とか90に到達する頃だろう。その前にこのデスゲームがクリアされていてほしいものだ……と考えながら、門の左右をチェックする。

右の門は敷地を囲む塀に固定されているが、塀の表面に手がかりになりそうな凹凸はない。しかし左の門を固定する建物の壁は、大理石のブロックが交互に三センチほど出っ張っている。

手がかりとしてはぎりぎり使えそうだが――果たしてこの門を越えたら犯罪者になってしまうのだろうか。いや、その場合は盗みや不適切接触の時のように警告メッセージが出るはずだ。

メッセージが出たら速攻引き返そう。

と決意して、俺は後ろを見た。タイル敷きの通路には、客の姿も衛兵の姿もない。すすっと壁に近づき、出っ張りに手を掛けてみる。

指の第一関節までしか引っかからないが、壁登りの難易度としては、六層ガレ城の外輪山に挑戦した時よりは相当低い。何せ、落ちてもほとんどダメージを受けない高さだ。覚悟を決め、両手の指先と両足の爪先で壁面をぐいぐい登っていく。門の高さを越えたところで、右に水平移動。下の地面を確かめ、飛び降りる。

膝で衝撃を吸収しつつ着地。うずくまったまま数秒待つが、衛兵がすっ飛んでくる気配も、警告メッセージが出る様子もない。

立ち上がり、辺りを窺う。細い通路と左右の植栽という地形は同じだが、木の手入れが多少行き届いていない感じがある。

足音を殺しつつ通路を進むと、すぐ先で左に曲がっていた。建物の角に身を隠し、さっと先を覗き見る。これまでと同様、建物と塀の間を通路がまっすぐ延びている。

このまま進めば、カジノの裏手に回り込めるはずだ。しかし通路は長さ百メートルはありそうだし、前と後ろから衛兵が来たら逃げ場がない。とっ捕まったら良くてカジノ出禁、悪くて監禁、最悪の場合は犯罪者フラグが立ってしまうことまで有り得る。

そこまでのリスクを冒して、厩舎とやらを調べる意味があるのだろうか。

しばらく考えてから、俺は足を後ろではなく前に進めた。

ニルーニルのリカオン脱色作戦がうまくいけば、コルロイ家の悪巧みを白日の——実際には夜の地下ホールだが——もとに晒し、まだ顔も知らないバーダン・コルロイを断罪できるだろう。昨日ＡＬＳとＤＫＢが巻き上げられた合計二万数千コルも取り戻せるかもしれない。

しかし、コルロイ家はまだ何か隠し球を用意しているのでは、という予感が去らないのだ。何らかの理由で作戦が失敗し、両ギルドが昨日以上の損失を出せば、金額的なダメージもさることながら、リンドとキバオウの求心力も少なからず失われる。ベータテストで俺が全財産を吹っ飛ばしたのは笑い話だが、この正式サービスで攻略集団の足許がぐらつくのは、人命にもかかわる大問題なのだ。ＰＫ集団とフォールン・エルフという二大危険要素に加えて、新たなトラブルを抱え込むのは御免被る。

そこまで考えた時、俺は背中にひやりとするものを感じ、立ち止まった。

振り向くが、誰もいない。冷気の源は自分の思考だ。

まさか——これにも奴らが絡んでいる、ということは有り得るのか？　五層、六層に続いて、ＰＫ集団が予想もしない方向からＡＬＳとＤＫＢの足を掬おうとしている？

いや、さすがにそれは疑心暗鬼というものだ。七層の転移門が開通したのは一月五日の零時ごろ。ＤＫＢとＡＬＳはその日の午前中にはウォルプータに移動している。ＰＫギルドがコルロイ家に接触し、インチキを持ちかける時間はどう考えてもなかったはずだし、そもそもそんなことが可能だとは思えない。俺たちがニルーニルに協力しているのも、あくまでアルゴが彼女のクエストを受けたからなのだ。

考えすぎだ。黒ポンチョの男とその手下たちが、プレイヤーのみならずＮＰＣまで扇動できるなら、奴らはもう本物の……。

そこで思考を断ち切り、俺は日の光が届かない通路を、より暗いほうへと歩き始めた。

（続く）

あとがき

ソードアート・オンライン　プログレッシブ7『赤き焦熱のラプソディ（上）』をお読みくださってありがとうございます。

まず、六層編に続いて上下巻構成になってしまったことをお詫びいたします。書き始める時は、「カジノとビーチのことだけ書いて一冊でサラッと終わろー」などと呑気なことを考えていたのですが、そのカジノになかなか到着しないわ、着いたら何やら陰謀の気配がするわ、六層で奪われてしまった秘鍵も放っておけないし、とお話がどんどんボリューミーになっていって、気付いたら担当さんに「上下巻でお願いしますぅ……」とメールを書いていました。

話が膨らんだ最大の理由は、キリトとアスナが二人だけで旅したり戦ったり食事したりするシーンを書くのが、私にとっても凄く楽しかったからかな、という気がしています。平行して進んでいるユナイタル・リング編では、仲間がたくさんいるしキリトは攻撃部隊のリーダーでアスナは防御部隊のリーダーみたいな役割分担をしていることもあって、二人だけで行動するシーンってほとんどないんですよね。その反動なのか、この巻ではついつい二人のシーンをたくさん書いてしまって……でもそれがプログレッシブ編の醍醐味かなという気もしますので、読者の皆様にも楽しんで頂けたなら嬉しいです。

お話は、いよいよカジノをとりまく陰謀の深部へ……というところで「続く」となっておりますが、もちろん下巻は連続刊行となる予定です。できるだけ間を空けずにお届けできるよう頑張りますので、しばしお待ちくださいますようお願いいたします。下巻では、やっと合流したキズメルはもちろんアルゴや他のプレイヤーたち、そしてまだまだ謎だらけのニルーニル様と戦闘メイドなのに戦わなかったキオもがんがん暴れてくれると思います！

そしてプログレッシブといえば！『劇場版ソードアート・オンライン プログレッシブ 星なき夜のアリア』は、このあとがきを書いている二〇二一年一月現在フルパワーで制作進行中であります。本が出る頃には公開スケジュールが発表されているかな、どうかな……というタイミングですが、一層攻略編をアスナに焦点を当てて再構成したストーリーになっていますので、原作のＳＡＯＰ一巻をお読みくださった方、テレビアニメ一期をご覧くださった方にも新鮮な気持ちで楽しんで頂ける内容だと思います。こちらもどうぞよろしくお願いいたします！

最後に、年明け早々ハードスケジュールの道連れにしてしまったイラストのａｂｅｃさん、担当の三木さんと安達さん、本当に申し訳ありませんでした！ 今年も苦しい日々が続きそうですが、読者様がた共々チームで乗り切っていきましょう！

二〇二一年一月某日 川原 礫

SWORD ART ONLINE
カジノの暗部に足を踏み入れた
キリトを待ち受けるものとは――
そして、キリトの身に
重大な異変が降りかかる――?
激動の第8巻を刮目して待て!
『ソードアート・オンライン
プログレッシブ8』
2021年夏
発売予定!!

◉川原　礫著作リスト

「アクセル・ワールド1～25」（電撃文庫）
「ソードアート・オンライン1～25」（同）
「ソードアート・オンライン　プログレッシブ1～7」（同）
「絶対ナル孤独者(アイソレータ)1～5」（同）

本書に対するご意見、ご感想をお寄せください。

ファンレターあて先
〒 102-8177　東京都千代田区富士見 2-13-3
電撃文庫編集部
「川原 礫先生」係
「abec先生」係

本書は書き下ろしです。

電撃文庫

ソードアート・オンライン プログレッシブ7

かわはら れき
川原 礫

2021年3月10日 初版発行

発行者 青柳昌行
発行 株式会社KADOKAWA
〒102-8177 東京都千代田区富士見2-13-3
0570-002-301（ナビダイヤル）
装丁者 荻窪裕司（META＋MANIERA）
印刷 株式会社暁印刷
製本 株式会社ビルディング・ブックセンター

ISBN978-4-04-913677-7 C0193 Printed in Japan

電撃文庫 https://dengekibunko.jp/

電撃文庫創刊に際して

文庫は、我が国にとどまらず、世界の書籍の流れのなかで〝小さな巨人〟としての地位を築いてきた。古今東西の名著を、廉価で手に入りやすい形で提供してきたからこそ、人は文庫を自分の師として、また青春の想い出として、語りついできたのである。

その源を、文化的にはドイツのレクラム文庫に求めるにせよ、規模の上でイギリスのペンギンブックスに求めるにせよ、いま文庫は知識人の層の多様化に従って、ますますその意義を大きくしていると言ってよい。

文庫出版の意味するものは、激動の現代のみならず将来にわたって、大きくなることはあっても、小さくなることはないだろう。

「電撃文庫」は、そのように多様化した対象に応え、歴史に耐えうる作品を収録するのはもちろん、新しい世紀を迎えるにあたって、既成の枠をこえる新鮮で強烈なアイ・オープナーたりたい。

その特異さ故に、この存在は、かつて文庫がはじめて出版世界に登場したときと、同じ戸惑いを読書人に与えるかもしれない。

しかし、〈Changing Times,Changing Publishing〉時代は変わって、出版も変わる。時を重ねるなかで、精神の糧として、心の一隅を占めるものとして、次なる文化の担い手の若者たちに確かな評価を得られると信じて、ここに「電撃文庫」を出版する。

1993年6月10日
角川歴彦

電撃文庫DIGEST　3月の新刊

発売日2021年3月10日

第27回電撃大賞《大賞》受賞作

ユア・フォルマ
電索官エチカと機械仕掛けの相棒

【著】菊石まれほ　【イラスト】野崎つばた

天才捜査官エチカの新しい相棒は、ヒト型ロボットのハロルド。機械のくせに馴れ馴れしい彼に苛立つエチカ。でも捜査の相性だけは……抜群だった。最強の凸凹バディが凶悪電子犯罪に挑む、SFクライムドラマ開幕！

第27回電撃大賞《金賞》受賞作

ギルドの受付嬢ですが、残業は嫌なのでボスをソロ討伐しようと思います

【著】香坂マト　【イラスト】がおう

ギルドの受付嬢・アリナを待っていたのは残業地獄だった!? 全てはダンジョン攻略が進まないせい…なら自分でボスを倒せばいいじゃない！　残業回避・定時死守、圧倒的な力で(自分の)平穏を守る異世界コメディ！

第27回電撃大賞《銀賞》受賞作

忘却の楽園I

アルセノン覚醒

【著】土屋 瀧　【イラスト】きのこ姫

武器、科学、宗教、全てを捨てた忘却の楽園〈リーン〉。少年・アルムは、体に旧世界の毒〈アルセノン〉を宿した囚われの少女・フローライトと出会う。二人を巡り交錯する思惑は欺瞞の平和に"変革"をもたらす――。

第27回電撃大賞《銀賞》受賞作

インフルエンス・インシデント
Case:01 男の娘配信者・神村まゆの場合

【著】駿馬 京　【イラスト】竹花ノート

現代メディアを研究する才媛・白鷺玲華と助手・姉崎ひまりのもとに男子高校生・中村真雪が助けを求めに来る。実は彼はネットで活躍するインフルエンサーで――。SNSと現実がリンクする様々な事件に立ち向かえ！

ソードアート・オンライン プログレッシブ7

【著】川原 礫　【イラスト】abec

第七層でキリトを待ち受けていたのはカジノ、そしてかつて全財産を失った《モンスター闘技場》だった。闘技場に仕掛けられた不正行為を探るキリトとアスナは、思いがけずカジノの暗部へと足を踏み入れていく――。

俺の妹がこんなに可愛いわけがない⑯
黒猫if　下

【著】伏見つかさ　【イラスト】かんざきひろ

「"運命の記述"……いっちょ俺にも書かせてくれよ」恋人同士になった京介と黒猫。二人の運命はさらに大きく変わっていく。完全書き下ろし黒猫ifルート、完結！

錆喰いビスコ7
瞬火剣・猫の爪

【著】瘤久保慎司　【イラスト】赤岸K
【世界観イラスト】mocha

忌浜では人間が次々と猫化する事件が発生。事態を収拾するべくビスコとミロがたどり着いたのは――猫侍たちが治める猫摩国！　猫将軍・羊羹とともに元凶の邪仙猫に挑むが、その肉球が掴むのは黒革に向けて放った超信矢で!?

新説　狼と香辛料

狼と羊皮紙VI

【著】支倉凍砂　【イラスト】文倉 十

コルと2人だけの騎士団を結成したミューリは、騎士という肩書きに夢中になっていた。そこにハイランドから、新大陸を目指しているという老領主の調査を頼まれる。彼には悪魔と取引しているという不穏な噂があって!?

神角技巧と11人の破壊者
下　想いの章

【著】鎌池和馬　【イラスト】田畑壽之
【キャラクターデザイン】はいむらきよたか、田畑壽之

破壊と創造。絶対無比の力を得た少年の物語もいよいよ佳境に。神角技巧を継承することで得た力と、過酷な旅をともに乗り越えることで得た仲間との絆。その全てを賭して少年は『11人目』との最後の戦いに挑む――！

ちっちゃくてかわいい先輩が大好きなので一日三回照れさせたい3

【著】五十嵐雄策　【イラスト】はねこと

花梨の中学生の妹に勉強を教えることになった龍之介。きっと中学時代の先輩のような感じなのだろう！　と快諾して先輩の自宅へ向かうと、現れたのは花梨と真逆でグイグイ迫ってくる、からかい好きな美少女JCで!?

ヒロインレースはもうやめませんか?②
～新ヒロイン排除同盟～

【著】旭 蓑雄　【イラスト】Ixy

「俺、ちっちゃい頃に将来結婚するって約束した人がいるんだ」錬太郎の突然の爆弾発言に、争いを続けていたむつきとしおりと萌絵は新ヒロインの参入を阻止するため一時休戦！　3人でヒロイン追加を絶対阻止だ！